転生前に
貯金全額ぶち!!込んだら、
最強の付与術師に
なりました
成田ハーレム王
Narita HaremKing
illust:或真じき
KiNG novels

伯爵家のお嬢様
マティ・フィラフト
爆乳シーフのお姉さん
レーヴル

勝ち気な冒険者
クルース

「ちゅっ……♥
ふふっ、三人がかりでされるの、
気持ちいい？」
「アルムさんの……、
わたしの中でぴくんって

転生前に貯金全額ぶち込んだら、最強の付与術師になりました

成田ハーレム王
illust：或真じき

KiNG novels

転生前に貯金全額ぶち込んだら、最強の付与術師になりました

contents

プロローグ　来世貯金でらくらく生活

ディーントッツ王国にある自由都市、ディード。

その宿屋の一室で、俺は机に向かっていた。

机の上にはいくつも、日本の神社のお守りのような小さな袋が並べられている。

そしてその小袋から取り出された木の板が、それぞれの手前に慎重に置かれていた。

「こっちが物理防御五十パーセント上昇、こっちが全属性耐性五十パーセント上昇、こっちが毒状態無効……っと」

どれもが、このアイテムに込められている強力な魔法の力だ。

俺の名前は、アルム。

訳あって現代日本から、ファンタジーな異世界へと転生を果たした人間だ。

転生したときに特別な力を与えられると聞いて、自ら選んだのが「付与魔術」の力だった。

簡単に言えば、物に魔法の力を込めて強化することが出来る能力だ。

転生時に得られる力をほぼ全て、この付与魔術だけに割り振ったからか、俺はこの世界の常識ではあり得ないほど強力な付与術士となった。

この世界の付与術士が俺と同じ魔法を使っても、物質に付与できるのはせいぜいが、五パーセントから十パーセント程度の魔術効果だろう。

ところが俺は、その五倍から十倍の力を付与することが出来る。

分かりやすく言えば、その辺に歩いている町人でも俺が魔法を付与した装備で身を固めれば、ゴブリンの群れ程度は一蹴できるし、怪力自慢のオークとも相撲できるし、アンデッドの魔術師であるリッチと魔法の撃ち合いも出来る。

元々は現代日本の一般人だった俺の体力でも、この力で強化した道具があれば、英雄のような活躍ができるというわけだ。

おかげで、今では様々なクエストを受ける冒険者として一定の地位を築いている。

最初は異世界ということで戸惑ったけれど、あのまま日本で生きているよりはマシだ。

幸い、いっしょに冒険者をする良い仲間たちとも巡り合えた。

だから今は、転生してほんとうに良かったと思っている。

そんなことを考えていると、扉が開いて誰かが中に入ってきた。

「アルムさん、まだお仕事中ですか?」

入ってきたのは、長い黒髪の少女だった。

彼女の名前はマティ・フィラフト。

歳は多分十代半ばから後半くらい。綺麗な青い瞳をしている。

優しそうな顔立ちをしていて、多くの人が魅力的に感じるだろう。

年齢にしては発育も良くて、特に胸は立派に巨乳と言えるサイズだ。

まだ少し幼さが残った顔立ちと、それとは正反対のセクシーな体はギャップを感じさせて、男の欲望を刺激してしまう。そしてこの国では、彼女のように苗字があるのは貴族かそれに準じる者たちだけだった。

マティも当然貴族で、しかも伯爵様の娘だ。

本来は、俺みたいな一般人が付き合えるような人間じゃない。

けれど、あるトラブルを切っ掛け親密な関係を持つようになっていた。

そして、今では優秀な魔術師としてパーティーの一員になってくれている。

お嬢様らしく物腰は丁寧だけど、好奇心は旺盛だ。おかげで冒険者生活も楽しんでいるらしい。

伯爵様の娘だが、母親は平民出の側室だったという。

育てられる過程で貴族の暮らしに染まり切らなかったのが、冒険者としての適性を高めたのかもしれないな。

「今度は何を作ってらっしゃるんですか？」

「ああ、今度のクエストに使うためのアイテムをね。消耗したものの補充もしなきゃいけないし」

この世界ではチート級と言っていい、俺が魔法を付与したアイテムの数々。

しかし、道具である以上は消耗したり壊れたりもする。

その度に作り直さないといけないのは、一つの弱点だ。

「マティは何か足りないアイテムはあるか？　今のうちに作っておくよ」

「いえ、大丈夫です。アルムさんからは十分すぎるほど渡されていますから」

そう言いつつ、身に着けたいくつものお守りを見せるマティ。

今の彼女は物理的にも魔術的にも厳重に守られている。本人の魔力も並の魔術師以上にあるから、それこそ竜種でもやってこない限りは命の心配はないだろう。

「それで、どうしてこんな夜中に訪ねてきたんだ？」

軽く話し終えたところで本題に入る。

すると、マティは俺に近づいてきた。

どうするのかと思っていると、なんと、椅子に座っている俺に正面から抱きついてくる。

「アルムさんっ！」

「うおっ!?　っとと、危ないな」

なんとか受け止めたけど、下手をすれば椅子ごとふたりで倒れてしまうところだった。

一応注意しようとするけれど、それより先に彼女が口を開く。

「お願いします、わたしもう我慢できなくて……」

さっきまで普通だった表情が少し強張っている。

頬が赤くなって、なにか緊張しているようだ。

「わたしたち、ここのところクエストの連続でしたよね？」

「確かにそうだな。今アイテムを使ってるのも、連続クエストで消費した分を補充するためだし」

通常のクエストに加えて緊急の指名クエストが重なってしまったのだ。

その激務のおかげで、こうして宿でゆっくり休むのも一週間以上ぶりだった。

そうこうしているうちに、マティの顔がどんどん熱くなっていくのが分かる。

「だ、だから、その……久しぶりに、エッチしてほしいんです」

そして、つぶやくように言葉が発せられる。

とても高位貴族の令嬢のものとは思えない内容だ。

けれど、俺は彼女が部屋に入ってきたときから何となく察していた。

なぜなら、彼女にセックスを教えたのは俺だからだ。

「我慢出来なくなっちゃったんだね、マティ」

「そうです。お腹の奥がムズムズしてて……」

そう言いながら僅かにお尻を動かす。

そのしぐさもかわいくて、心を刺激されてしまった。

「なら、俺もマティにエッチを教えた責任を取らなきゃいけないな」

「あぅ……は、はいっ！」

手を伸ばしてマティのお尻を撫でると、彼女はその刺激にビクッと腰を震わせた。

同時に、嬉しそうな笑みを浮かべて頷く。

「流石にここじゃ危ないな。ベッドへ移動していいか？」

「もちろんです」

俺は彼女を抱いたまま立ち上がると移動する。そしてふたりでいっしょにベッドへ腰掛けた。

「アルムさん……」

マティは恥ずかしさと期待感を込めた目でこっちを見てくる。

俺はその期待に応えようと、彼女の唇を奪おうとした。

けれどそのとき、再び部屋の扉が開かれて人が入ってくる。今度はふたりだ。

「ちょっと待ちなさい！　マティ、抜け駆けは許さないわよ！」

ひとり目はストレートの美しい金髪を、ツインテールにまとめた少女だった。

彼女の名前はクルース。パーティーの一員で前衛を担当する剣士だ。

年齢は二十歳の一歩手前くらいだったかな。

キリッとした顔立ちで、普段は近寄りがたい雰囲気を纏っている。

性格も勝気で協調性が低く、俺たちと出会う前はソロで活動していたほどだ。

彼女とは、あるクエストを切っ掛けにパーティーを組むことになった。

今は丸くなっているけれど、それでも睨まれると少し怖い。

髪色と同じ金の瞳に見つめられると威圧感を覚える。

けれど、よく見ればマティに負けないくらいスタイルが良いということにも気づくだろう。

俊敏で力強い動きを生み出す足腰は引き締まっているし、胸もなかなかの大きさだ。

もっとも、彼女のとげとげしい雰囲気に隠された魅力的な肢体を知っている男は俺だけのはず。

そう思うと少し独占欲が刺激されてしまう。

「アルムも、あたしのことを放っておいてマティとイチャつこうだなんて、良い度胸じゃない」

「うっ……」

迫力のある目で睨まれて少し肩をすくませてしまう。

巨大なトロール相手でも平然と斬り合う彼女の眼光は鋭い。

俺も転生してから数々の修羅場をくぐってきたという自負があるけど、未だに慣れないほどだ。

「マティも、どういうつもり？」

「そ、それはっ……」

どう説明しようか悩んでいる俺たちに、後から入ってきたもうひとりが話しかけてくる。

「私も悲しいわ、アルムといっしょに過ごしたい気持ちは同じだったのに……」

彼女の名前はレーヴル。

ウェーブのかかったセミロングの赤髪と、同色の情熱的な瞳が特徴的な女性だ。

二十代前半くらいで、パーティーでは一番のお姉さん。

色っぽい雰囲気で夜の街が似合いそうだけれど、彼女もれっきとした冒険者だ。

しかも、シーフとして一流と言っていい力を持っている。

彼女にかかれば、モンスターに奇襲される心配はない。

ダンジョンを攻略していても、罠や仕掛けの類《たぐ》いをことごとく解除してしまうほどだ。

俺が魔法のアイテムを提供してからは、その能力にさらに磨きがかかっている。

今では王様のいるお城の宝物庫にだって忍び込めるというほどになっていた。

最年長だけあって落ち着いていて、パーティーがピンチになったときも一番冷静だ。

加入したのは最近だけど、みんなに頼りにされている。

「ふたりに声をかけなかったのは謝るよ。ごめん。でも、途中で中断できる雰囲気じゃなくて……」

あそこでマティを放っておいて、彼女たちを呼びに行けるほど神経は図太くない。

すると、クルースもレーヴルもこっちに近づいてきた。

どうするかと思っていると、それぞれ俺とマティの左右に腰掛ける。

「ふむ……まぁ、そう言われると仕方ないわね」

「雰囲気をぶっちぎって来てもらっても、今度はマティに申し訳なくなりそうだし」

どうやら状況を理解してくれたようだ。けれど、だからといって安心はできない。

ふたりとも自分の部屋に帰る気がなさそうだからだ。

「うっ……まさか競争ですか？」

先に来ていたマティが少し緊張した様子で言う。

この状態から早い者勝ちになったら彼女が不利だ。

クルースは剣士として身体能力が高いし、レーヴルも腕力こそ低いものの身のこなしはクルースに劣らない。

魔術師のマティは彼女たちに比べると動きが鈍い。

冒険者パーティーの後衛として考えたら、十分なレベルはあるんだけどな。

そんなふうに不安がる彼女にクルースたちが声をかける。

「心配しなくても、仲間から横取りなんかしないわ！」

「でも、二回戦目からは私たちも参加するつもりよ」

つまり、最初はマティに譲るということだ。

それを聞いた彼女は安心したようにため息を吐く。

俺からすれば二戦目以降もあると決まってしまったけれど、彼女たち相手なら大歓迎だった。

「じゃあマティはどうしたい？」

顔を覗いて問いかける。すると、彼女は少し考えた後で俺の体に手を回してきた。

「今日はアルムさんに、抱きしめてもらいながらしたいです」

「分かった。ここじゃ危ないから、真ん中のほうへ行こうか」

マティの手を引いてベッドの中央へ移る。そして、彼女を正面から抱きしめた。

「んっ！　ア、アルムさん……ちゅっ、はぁっ！」

両手を背中に回して抱きしめつつキスすると、彼女も嬉しそうにキスし返してきた。

互いに唇を押し付け合って、少しずつ興奮してくる。

「アルムさん、もっと……キスしたいです」

「ああ、俺もしたい。マティを深くまで感じたいよ」

気づけば彼女の手も俺の体に回されていた。

互いに相手の体を抱きしめながら何度もキスを続ける。

そのまま自然と濃厚になって、舌を絡め合うまでになっていた。

「あぅ、れろぉ！　はぁ、はぁ、んぅぅ……！」

俺が舌を動かすとマティも積極的に絡めてくる。

互いの唾液を舐めとるような動きで、興奮が高まってくる。

マティがキスに夢中になっている間に俺は手を動かし、服に手をかけて脱がし始めた。

「はぁ、はぁ……んっ？　わたしも……」

少ししてマティも気づいて、俺のほうも脱がし始めた。

互いに服を一枚ずつ脱がしていって、最後は下着だけになる。

抱き合っているから、この状態でも肌がくっついて相手の温かさが感じられた。

「アルムさんの体……とってもたくましいです」

「そう言ってくれると嬉しいな」

前世では平和な日本で暮らしていたせいか、それほど体は強くなかった。

異世界の過酷な環境で日々を暮らしていたから、自然と鍛えられたんだろう。

転生前のままだったらどこかで野垂れ死んでいたに違いない。

手に入れた能力と、仲間になってくれたマティたちに感謝しないと。

「マティも綺麗だ。それに、こうして抱き合ってるだけですごく興奮してくる」

「そ、そうでしょうか？　クルースさんやレーヴルさんのように引き締まっていなくて、少し恥ずかしいのですが……」

彼女は他のふたりと違って完全な後衛だ。

特に無駄な脂肪を絞っているクルースと比べると、太ももとか二の腕がぷにっとしている。けど、そこがいい。

「こうして抱きしめてると、柔らかくてすごく気持ちいいんだ。このまま抱きしめて寝たいくらいだよ」

「は、はいっ」

マティは少し顔を赤くしながらもさらに抱き付いてくる。

そのとき、俺の左右から同時に柔らかいものが押し付けられた。

「うぉっ!?　クルースにレーヴル！」

見れば、今まで黙っていたふたりがいっしょに密着してきている。

しかも彼女たちもいつの間にか全裸になっていた。

そのおかげで押し付けられているのは生のおっぱいだ。

「まったく……イチャイチャしているのを見せつけてくれちゃって、流石に少しムカッとするわ！」

「ふふっ、仲が良いふたりを見ていると微笑ましいわね。でも、私たちのことも忘れちゃ嫌よ」

クルースは少し不機嫌そうな表情で言い、レーヴルは耳元で囁いてくる。

どちらも俺とマティのやりとりを見ながら準備していたようだ。

それを見てマティも少し慌てる。

「ううっ、ダメですよっ！　最初はわたしですから！」

ふたりに横取りされると思ったのか、より強く抱き付いてくる。

下着一枚の巨乳が胸板に押し付けられた。

ぐにゅっとつぶれる柔らかい感触が気持ちいい。

「大丈夫よ、横取りなんてしないわ。余っているところを貸してもらうだけだもの。ちゅっ♪」

レーヴルは安心させるように言うと、俺の頬へキスしてくる。

ただそれ以上は手を出さず、それを見ていたマティも安心したようだ。

けれど、一度焦って高まってしまった気持ちはそう簡単に治まらない。

「ア、アルムさん……わたし、もう我慢できません」

切なそうな表情で上目遣いに求めてくる。

そんな顔を見て、我慢出来るほど俺も冷静じゃなかった。

ここまでイチャイチャして、体のほうはすっかり準備が整っている。

「じゃあ……マティの服、全部脱がすよ」

まだ彼女の体を隠している下着も取り去ってしまう。

「ッ！」

火照った秘部が空気に晒されて温度差を感じたのか、マティの体が僅かに震える。

そのわずかな震えでも大きな乳房がいやらしく揺れて、また興奮が強まってしまった。

「俺もそろそろ限界だ。このまま続けるからね」

「は、はい。でも……顔を合わせたままだと、少し恥ずかしくて……」

彼女はそこで間を置くと、か細い声で続ける。

「……いつもより敏感になってるので、みっともない顔を見られちゃうかもしれません」

「マティがそう言うなら」

緊張を誤魔化して冷静に対応しているけれど、俺も興奮していた。

マティが、派手に乱れるかもしれないなんて言うからだ。

肉棒は硬くなって、彼女のお腹のあたりに当たってしまっている。

向こうもそれを意識しているようで、視線を横に逸らしていた。

「じゃあ、今日は背中からにしようかな」

「あぅ！」

体に手を回して裏返し、背面座位の形にする。そして、ゆっくりと腰を持ち上げた。

勃起した肉棒を秘部へ宛がうと、待ちかねたように愛液が滴ってくる。

「あっ……こ、こんなのが中に入ってきたら……」

押し当てられたものを感じてゴクッと息をのむマティ。

俺は遠慮することなくそのまま彼女の腰を下ろさせ、肉棒を挿入していった。

「ひゃっ!?　あっ、あああっ！　ひぃっ、うううううぅぅっ！」

ずぶずぶっと肉棒が膣内へ飲み込まれていく。

「くっ！　すごい濡れ具合だ。蕩けまくってる！」

イチャイチャと愛撫していたとはいえ、まだ性感帯には触れていなかったはず。

なのにマティの膣内はトロトロになっていた。

キスやボディタッチだけでここまで濡らしている。

そう考えるとさらに体が熱くなってしまう。

「ひぅうぅぅっ！　ど、どんどん奥まで……あぁっ！」

蕩け切った膣内に肉棒を阻むものはない。

そのまま一息に最奥まで挿入し、優しく子宮口を押し上げる。

「あうぅぅっ!!」

大事なところを刺激されてビクッと肩を震わせるマティ。

体のほうは完全にセックスする状態になっていた。

「すごいぞ。一息で飲み込んじゃうなんて、よっぽど欲しかったんだな」

「はぁっ！　はぁっ！　う、くっ……」

ゆっくり腰を動かし始めると、マティが艶っぽい声を漏らしはじめる。

やはり少し動かすだけでも甘い刺激を感じているようだ。

「マティ、気持ちいいか？」

「うぅ……き、気持ちいいですっ！」

息を荒くしながらもそう答えるマティ。もうすでにかなり興奮が強まっているようだ。

「じゃあ、もっとしてあげるよ！」

「ひゃあっ!?」

両手でしっかりと彼女の体を支え、腕と腰の両方を使ってピストンする。

肉棒がずんずんと膣内を突き上げ、刺激を与えていく。

「あぅっ、んんぅぅっ！」

その度にマティの口から嬌声が上がった。

彼女もだんだん、声を抑えられなくなっているようだ。

触れている肌も熱くなって、興奮が強まっていると分かる。

「マティ、そんなに気持ちいいの？　普段なら聞けないような声が漏れてるわよ」

「や、やめて……クルースさん、言わないでくださいっ！」

隣にいるクルースが声をかけると、マティは首を横に振る。

冷静な第三者に、セックスしている自分を見られるのは流石に恥ずかしいものな。

でも、俺は止めたりしない。

「ふふっ、アルムもどんどんピストンが強くなってるわね」

反対側からレーヴルが囁く。彼女は俺の腕を胸の間に挟みながら興奮を煽ってきた。

「私たちのときも期待してるわ。でも、今はマティとのエッチをサポートしちゃう♪　ぺろっ」

「うぁっ！　くっ……レーヴル!?」

耳に生暖かい感覚がして一瞬背筋がゾクゾクしてしまう。

どうやらレーヴルが俺の耳を舐めたらしい。

「ここも意外と性感帯になりやすいみたい。アルムもそうしちゃおうかしら」

楽しそうな声音で言いながら興奮を煽ってくるレーヴル。

一気に体が熱くなってくる俺に、さらに追い打ちがかけられた。

「はぁっ、はぁっ、はぁっ！　わ、わたしも、頑張りますからっ！」

「マティまで！」

腕の中に抱いている彼女が俺に合わせて腰を動かす。

あまり大きな動きじゃないけれど、女の子に奉仕されていると思うだけで気持ちいい。

もちろん刺激が強まるのはマティもいっしょで、ふたりで一気に興奮の坂を駆け上がる。

「んっ、あっ！　ふぅ、んっ！」

マティが腰を動かすと、膣襞が肉棒を擦り上げてくる。

その快感を受け止めていると、左右からクルースとレーヴルが責めてきた。

「ほら、あたしたちの愛撫もちゃんと感じてよ。ちょっと恥ずかしいけど、レーヴルみたいにしてあげるから」

「れろっ……ちゅっ……！　ふふっ、三人がかりでされるの、気持ちいいかしら？」

クルース側の耳元でも温かい刺激が生まれて、逃げ場がなくなってしまう。

続けてレーヴルに耳元で囁かれ、ぞくりとした気持ちよさを感じた。

「あふっ、んっ！　アルムさんのおちんぽ、わたしの中でぴくんって跳ねました！」

「そうなんだ。じゃあもっと……ふぅー♪」

「あたしも……ふーっ♪」

三人に囲まれて、愛されて……俺はその幸せを噛みしめるように、ぎゅっとふたりを抱き寄せた。

「くぅぅっ！　もうイクぞ！　マティの中に全部出すからなっ！」

興奮のままにそう言うと、思い切り腰を動かしてラストスパートをかける。

パンパンと激しく音が鳴り、合わせてマティの喘ぎ声も大きくなった。

「ひゃあっ！　あうううぅっ！　ダメですっ、そんなに激しくしたらわたしもっ！　イってしまいますっ！」

トロトロに蕩けた膣内がキュンキュンと可愛らしく締めつけてくる。

最後の瞬間、マティの体を思い切り抱き寄せながら射精した。

「くっ……‼」

「ひゃあああああぁぁぁぁっ‼　中につ、あうぅぅっ！　イっちゃうううううぅぅっ‼」

嬌声と共に、抱きしめているマティの体が震えた。

肉棒が射精するたびに膣内も収縮して、最後まで子種を搾り取ろうとしてくる。

俺は美少女たちに囲まれながら、ハーレム気分で最後まで精液を吐き出す。

「あぅぅ……はぁっ、はぁっ！　はふぅ……」

興奮の波が治まるとマティが脱力してしまった。俺は彼女を優しくベッドへ寝かせる。

「あぅ……すみません、足腰に力が入らなくて……」

普段は貴族令嬢らしくきっちりしている彼女が、乱れた姿で横になっているとギャップがあってなかなか良い。けれど、あまりのんびり眺めていられない事情もあった。

「マティはそのまま休んでいて良いんだ。……俺は、まだ休めそうにないけど」

振り返ると、そこにはクルースとレーヴルが待ち構えていた。

ふたりともマティとのセックスを間近で見て性欲に火がついているようだ。

「じゃあ、今度はふたりの番だな。せっかくだからいっしょにしようか！」

そう言って手を伸ばすと、彼女たちをベッドへ押し倒す。

女体に溺れながら、この幸福な日々を手に入れることになった切っ掛けを思い浮かべていた。

第一章　令嬢魔法使いのお願い

東京の片隅にある小さな一軒家。

その居間で俺は、机に突っ伏しながら悶えていた。

「ぐうっ……本当に間に合うのか？」

少し前までこの居間で、俺は怪しげな黒づくめの男と話していた。

突然家を訪ねてきた男は製薬会社のエージェントだと名乗り、俺にある薬を勧めてきたのだ。

「ガンの特効薬か。本当に効果があれば救われるんだけどな……」

全ての切っ掛けは一週間ほど前だ。

いわゆるブラック企業に努めていた俺は、その日も家に帰る時間もなく残業していた。

大学を卒業して社会に出てから十年近く経つ。

もうアラサーだが、ずっとこんな生活を続けていた。

日付をまたいだころ、突然意識を失って倒れてしまったんだ。

幸い近くに同僚がいたからすぐ救急車を呼んでもらえ、その場では一命をとりとめた。

しかし、意識を取り戻した俺を待っていたのは残酷な宣告だったんだ。

どうやら俺の体は、随分前からガンに侵されていたらしい。

病院で検査を受けたときには手の施しようもないほど重症化していた。

そして、この状態ではどんな治療を施しても助かる確率は万に一つもないと言われてしまう。

「余命半月なんて……本当にふざけてるな」

長年の過酷な労働で弱った体を考えれば、残された時間はより短いかもしれないという。

俺はその時点で生きることに絶望し、鎮痛剤だけもらって家に帰った。

医者には入院を勧められたが断った。

最後の時間くらいは生まれ育った家で過ごしたいと思ったからだ。

思えばずいぶん長いこと、家でゆっくり過ごしていなかった。

いつの間にか会社もクビになっていたし、憂いなく最期の時間を過ごせると思っていた。

そんなとき、あの黒づくめの男が訪ねてきたんだ。

製薬会社のエージェントと名乗った男はどこで調べたのか俺が末期ガンの患者だと知っていた。

そして、今の俺の状態からでも助かる薬があると言ったんだ。

すでに生きることを諦めていた俺だけれど、突然生への希望が降ってきて困惑してしまった。

治療薬は高額で、全財産を担保に金を用意してほしいという。

俺は言われるがままに、いくつもの契約書へサインしてしまった。

数年前に事故で死んだ両親から受け継いだ家も担保にして、数千万円という大金を用意した。

明日にはこの家に、現金が届けられるという。

その現金と引き換えに、俺は治療薬を得るという取引だ。

いかにも胡散臭い話だけれど、目の前にある希望はそれだけだった。


翌日、約束どおり現金が運ばれてきた。

居間の机の上には、今までに見たこともないような札束の山が出来ている。

「ははは……すごいな、これを見られただけでも取引した甲斐があったかも」

そう呟きながら俺はスマホを手に取って、写真を撮ったりしてみる。

あとでSNSにでも上げてみようか。

そんなとき、一つメッセージの着信があった。

「なんだ？」

開いてみるとそれは自治体からのものだった。

どうやら最近この地区で大金の絡む詐欺が行われていて、注意を促している。

普段なら無視しているけれど、このとき俺の目がある一文を見つけた。

「……医療詐欺？」

メッセージの内容を詳しく読んでみる。

すると、全身から血の気が引く感覚がした。

治療困難な大病を抱えた人間の下に製薬会社の人間が現れ、怪しげな薬と引き換えに大金を要求する……ということらしい。

しかも、一度お金を渡してしまうと、実行犯を捕まえても取り戻せないという。

俺の状況とまさに一致していた。

「詐欺、だったのか……」

怪しいとは思っていたけれど、吊り下げられた希望にまんまと食いついてしまった。

自分の馬鹿さ加減を呪うとともに、犯人への怒りが湧いてくる。

けれど、今の死にかけている俺ではあいつを殴ることも出来ない。

「くそぉ、どうしたら良いんだ！」

最悪、俺はどうなってもいい。

けれど、生まれ育った家を担保にしてまで集めた金を詐欺師にだまし取られるのだけは回避したかった。幸い現金はまだ俺の手の内にある。

「いっそ燃やしてしまうか？」

自暴自棄的な考えが頭をよぎる。そのとき、スマホに新しいメッセージが着信した。

「なんだ、こんなときに」

そう言いつつメッセージを開くと、そこには思いがけない内容が書いてあった。

『来世貯金！　あなたのお金を異世界に課金して最高のセカンドライフを始めませんか？』

「なんだって？　ふざかてるのか？」

転生なんてのは宗教とか、創作物の話の中だけだろう。

ガンの特効薬のほうがまだ真実味がる。

けれど、俺はなぜかこのメッセージに惹かれてしまっていた。

「ふふ、やってみるか。どうせもうすぐ死ぬんだ、馬鹿なことに全財産をぶち込むのも悪くない」

そう呟きつつ、メッセージに貼り付けてあったURLをクリックする。

メッセージどおり転生をうたうサイトに飛ばされた俺は、無心で指示された項目を埋めていった。

もうどうでもよいので、住所も氏名も、なんでもかんでも誤魔化すことなく記入した。

「必死に生きようとする人間を食い物にする詐欺師に金を渡すよりはマシだな」

そして、最後に金額の欄へ全財産を入力する。

目の前にある札束はもちろん、部屋にあった貯金箱や財布の中の小銭まで全部合わせた額だ。

この家にやってくる詐欺師には、一銭も残してやらないという覚悟だった。

最後に確認のところをタッチして入力が完了する。

が、すぐに何か起こるというわけではなかった。

振り込み先でも表示されるのだろうと思っていたんだが？

「また騙されたかな？　まあ、もうどうでもいいか。体もそろそろ限界みたいだし」

鎮痛剤が効いているのか幸い痛みは少ない。

けれど、だんだん体から力が抜けていき、意識も薄れていった。

そして、最後に意識が途絶える瞬間。

俺は目の前にあった札束が突然光って、すぅっと消えてしまうのを目にする。

「……ははっ、どうやら今度は騙されずに済んだかも……しれないなぁ……」

乾いた笑い声を上げながら、俺は意識を失うのだった。

◆　◆

次に目が覚めたとき、俺は真っ白な部屋にいた。

部屋の中には俺と、あとは机と椅子が一つずつ。窓も扉もない完全な密室に恐怖を感じてしまう。

けれど、そのとき俺は一つのことに気づいた。

「あれ？　体が苦しくない」

余命を考慮しない強力な鎮痛剤のおかげで激痛こそなかったものの、意識を失うまでは、耐えがたいほどのあらゆる苦痛に襲われていた。

けれど、それがすっかり消えているのだ。

不審に思いつつ椅子に座ると、目の前に机に紙とペンが現れる。

紙に書かれている文章を読んだ俺は、一つため息を吐いた。

「ふぅ。つまり、ここで転生の儀式をしろってことか。俺はあのまま一度死んでしまったんだな」

本当にこれから転生するらしい。

そしてどうやら、来世貯金のサイトへ課金した金額の分だけ、便利な能力を得ることが出来るようだ。

「なになに……超身体能力強化、宇宙でも生きられる適応性、不老不死まで……って、これは流石に無理か」

どうやら能力によって必要な金額が違うらしい。

特に強力な能力である不老不死なんかは、世界の富豪ランキングにでも載ってる人間じゃないと無理な金額だ。

とはいっても、俺が課金した金額も一般人視点で見ればなかなかのもの。

たいていの強力な能力を得ることが出来る。

そして、選んだ基本能力に対してさらに課金し、グレードアップすることも出来るようだ。

例えば俊敏性を選んで、残りの金を全部その強化にぶち込めば、光速でだって移動することが出来るらしい。まあ、異世界とはいえそんな極端なことをすれば、体のほうが持たないだろうけれど、なかなか面白いじゃないか。

ブラック企業の勤務ですさんでいた心へ、久方ぶりに童心が戻ってくる。

じっくり吟味していると、俺の目が一つの能力に留まった。

「付与魔術か……基本の値段はなかなか安いな」

この付与魔術というのは、物体に対していろいろな魔法を付与できる力のようだ。

直接的には自分の能力を強化できない代わりに、場面によってアイテムを使い分けられるから、汎用性が高い。ただ、そのままの状態だとたいした魔法を付与できないようだ。

課金によって能力をレベルアップしていけば、それだけ付与範囲を広められるし、込められる魔法の力も強くなる。

「これが良いんじゃないか？　どんな世界へ転生しても腐ることはないだろう」

自分以外に何もない存在しない世界へ転生してしまえば、創造の能力でもないとおしまいだけれど、そんな世界では他の能力もきっと腐ってしまうに違いない。

「よーし、そうなればもう、一点集中だ！」

俺は付与魔術を選択すると、ありったけの課金を行う。

全ての魔法を付与することは出来ないものの、項目に出てきた八割ほどの魔法を付与できるようになったようだ。

計算上は付与した魔法の出力も上々で、例えばティラノサウルスに襲われるくらいなら、楽に対処できる数値らしい。

後は余った端数のポイントで言語理解の能力を取得しておく。

こちらも極めれば異世界の古代文字や高度な暗号も理解できるようだが、俺は日常レベルの会話や読み書きができるだけで十分だ。

最後に確認欄へサインすると紙が消えた。

意識に流れ込んでくる説明によれば、俺の肉体はこれから一度分解され、現地に適した存在へ再構成されるそうだ。

ほんとうに死ぬのかと思うと残念な気持ちもあるけれど、こうなったら仕方ない。

出来ればイケメンに生まれ変われますようにと祈りながら、突如襲い掛かってきた眠気に身を任せるのだった。

◆　◆

「ここが俺の転生先か」

見上げれば青い空がある。

周囲は森で、ここは森の中に流れている川の傍らしい。

「そうだ、どんな体になったか見てみよう」

川のほうへ近づいて水面を覗いてみる。

すると、そこには見覚えのない青年の顔があった。

年齢は二十歳前くらいだろうか。転生前はアラサーだったので、十歳近く若返ったことになる。

「こ、これが俺？　すごいな、まったくの別人だ」

元の体とは似ても似つかない。

いや、よく見ると、目とか鼻の形にちょっと面影があるな。

一度全裸になってみると、いくつか覚えのあるホクロも見つけた。

どうやら再構成されたとはいえ、元の体の一部を引き継いでいるようだ。

自分の体が完全に変わってしまった訳ではないと知ってホッとする。

さてそうなれば、次にやらなきゃいけないのは能力の確認だ。

「とりあえず、この石ころでいいか」

近くにあった小石を拾うと能力を発動する。

「この石に『浄化』の魔法を付与して……」

付与する魔法については、自然と頭の中に効果が浮かび上がってくるようだ。

『浄化』は、文字通り不浄なものを綺麗にする魔法だ。

このサイズの小石でも、バケツ一杯分くらいの水を瞬時に浄化することができる。

転生するときにわざわざ、この世界に合わせて体を作り変えたというんだから、川の水を飲んだくらいじゃお腹は壊さない気はする。けれど、こちらに来たばかりということで慎重になる。

「よし、じゃあ実験してみるか」

川沿いに少し歩いて、流れが淀んでいるところを見つける。

こういう所の水は流れているものより汚い。

実際、少し濁っているように思えた。

俺は両手のひらに浄化の小石を置いた状態で、水をすくう。

付与した魔法は、所有者が念じれば発動する仕組みだ。発動せよと、軽く念じてみた。

すると、手のひらにすくった濁り水が一瞬で綺麗に透き通る。

「おお！　本当に浄化された、こりゃすごいな！」

初めて目にする能力に、思わず興奮してしまう。

試しに少しだけ口をつけてみると、くさい臭いも変な味もしない。

無味無臭で、普通の水という感じだ。

どうやら見た目だけでなく成分的な浄化もしっかりされているらしい。

「これならどこへ行っても、中毒の心配はなさそうだな」

とはいえ、水筒も持っていない今は、水を溜めることさえ出来ない。

どこかで竹のような加工しやすい材料を見つけるか、川沿いから離れないようにしたほうが良いだろう。

「……ん？　なんだこれは」

そのとき、川底に何かが埋まっているのが見えた。

掘り起こしてみると、どうやら鞘に収まった短剣だったらしい。

長いこと水に沈んでいたからか短剣のほうは錆びているが、『自動修復』の魔法を付与すれば使えそうだ。

鞘といっしょに魔法を付与すると修復を始め、やがて刀身になにか刻まれているのが見えた。

「お、何が書いてあるか読めるぞ。言語理解の能力も機能してるみたいだ」

どうやら短剣には銘が刻まれていたらしい。

「アルムか。うん、なんだかいい響きだな」

不思議とこの名前を気に入った俺は、この世界でその名前を名乗ることにした。

一度人生をやり直すんだから、気持ちを新たにするのにちょうどいい。

前世の名前は心の奥底にしまっておくとしよう。

面影こそ有るが、俺の今の顔立ちはすっかり西洋風だ。純日本的な前世の名前は似合わない。

こうして俺は、新たな名前を得て、新しい人生の一歩を踏み出すのだった。

そして、異世界に来てから十日ほどが経った。

俺はあれから川沿いに歩き、小さな集落へと行き当たった。

そこで親切な村長さんに宿を提供してもらい、この世界のことを色々と学ぶことに。

村人たちには遠くの国から来た旅人ということで色々質問されたけれど、代わりにこのあたりのことを教えてもらった。

どうやらこの周辺は、ディーントッツ王国という国が治めているようだ。

人々の暮らしは中世ファンタジー風といった感じで、現代日本人の俺から見ると色々と大変そう。

けれど、村にはいくつかマジックアイテムがあるようで、それで暮らしが楽になっているようだ。

この世界には魔法があって、それが人々の暮らしに影響を与えているらしい。

転生のときに選んだ能力によって、それが適合する異世界へ送られたのかもしれないな。

転生先については詳しい説明がなかったからよく分からない。

とはいえ、試しに軽く村人たちに能力を見せたところ、驚いてはいたものの拒否感はなかった。この能力自体は、人前で使ってもたぶん大丈夫だろう。

本職の魔術師に見られると、チートに気付かれたりとかで、少し危ないかもしれないが。

この世界の魔術師にとって、付与魔術がどんな立場か分からないからだ。

しかし、ずっと田舎で暮らしていくわけにもいかない。

せっかく便利な能力を持って転生したのだから、出来れば豊かな生活を送りたい。

お世話になった村人に能力を使用した品をいくつか渡し、街のほうへ向かうことにした。

どうやらここから南へ向かったところに、自由都市ディードという街があるらしい。

通常この国の都市は、領主である貴族が管理している。

けれど、例外的にいくつかは自由都市として独立しているようだ。

これから向かうのは、そんな都市の一つということになる。

権力者である貴族の支配下にない街というのは、余所者である俺にとって暮らしやすいかもしれない。幸い余所者でも仕事を得やすい、冒険者という職業があるようだ。

俺の能力を活用できれば上手くやっていけるはず。

そんな淡い希望を抱いていたのだが……。

「まさか、街に着く前に厄介ごとに直面してしまうとは……」

俺は都市への道を進んでいたのだが、前方の小高い丘の向こう側で何やら騒ぎになっているのに気づいた。

それもかなり物騒な分類の騒ぎだ。

ここまで怒号や悲鳴が聞こえてくる。

間違いなく戦いが起こっていると感じた俺は、隠れつつ様子を見ることに。

すると、一台の馬車が十名ほどの山賊に襲われていた。

二頭の馬で引く立派な馬車で、高い身分の人間が乗っているとすぐに分かった。

馬車には数人の護衛と御者がいたようだけれど、すでに全員倒されてしまっている。

ピクリともしていないから生きていないだろう。

反対に山賊たちはぴんぴんしていた。何人か負傷している者もいるようだけれど、重症ではないらしい。

奇襲が成功して、馬車の護衛はたいして反撃もできずやられてしまったんだろう。

しかし山賊たちは、護衛を倒したものの馬車に突入しようとはしない。

どうやら馬車に防御用の魔法が掛けられているようだ。

というのも、馬車の扉の前ではひとりの山賊が、片手を押さえながら膝をついている。

無理に扉を開けようとした相手に反撃する魔法なのかもしれない。

「でも、このままじゃいずれは、馬車の中に残ってるだろう人もやられてしまうな」

馬車にかけられた魔法は、山賊を軽く負傷させる程度の効果だ。

襲撃の際に車輪が一つ外れているようだし、馬車自体の強度はそこまで高くないみたいだった。

馬車を引いていた馬も二頭の内一頭が倒れているし、どの道もう逃げ出せないだろう。

となると、これ以上に物理的に破壊されてしまえば防御魔法も役に立たない。

山賊もそう考えているのか、大柄な男がひとり、ハンマーを担ぎだした。

「……このまま黙って見ているだけじゃ気分が悪いな。見捨てていけるほど精神が図太くないし、やるしかないか！」

幸いにも村に滞在した最中に、思いつく限りの身を守る道具はそろえている。

一見平凡な旅人にしか見えなくとも、身にまとう服や靴はＳＦ作品に出てくるパワードスーツ並みに強化されているんだ。

他にもいろいろと、能力を使って強化した道具を持っている。

一刻の猶予もない中、俺は決意を固めると飛び出した。

「おう、とっととやっちまえ！」

「任せとけ、この小癪な馬車をすぐバラバラにしてやる！」

山賊がハンマーを振り上げたそのとき。

俺は手に持った石ころを投げ、同時に片腕で顔を覆う。

石ころは山賊たちの近くまで飛んでいくと、そこで強烈な光を放った。

投げた小石には『閃光』の魔法を込めておいたんだ。

「ぐわっ！」

「ぎゃー！　くそっ眩しい！」

「ううっ、目が見えねえ！」

大男はハンマーを取り落とし、周りの山賊たちも狼狽えた。

その隙に俺は奴らに駆け寄って手に持った杖を振るう。

一見すると旅人の持っているただの杖だけれど、これにも魔法を込めていた。

「そらっ！　次はこれを食らえ！」

振るわれた杖の軌道に沿って衝撃波が生まれ飛んでいく。

相手を殺さずに無力化したり、吹き飛ばすための魔法で、名前もそのまま『衝撃波』という。

衝撃波は山賊たちをひとりふたりと吹き飛ばしていった。

「な、なんだ？」

「魔術師だ！　なんでこんなところに!?」

閃光のほうを向いていなかったのか、比較的早く回復した山賊がふたり。

今度はそっちへ、優先して衝撃波を放つ。

「ぐっ……！」

「ダメだ、やられる！　逃げるぞ！」

状況が不利になったとみたのか、山賊のリーダー格が声を上げる。

すると奴らは、倒れた仲間を引っ張り起こしたり担いだりして逃げ出した。

そのまま近くの森に入ると姿が見えなくなる。

しばらくは注意して物陰で待っていたけれど、本当に逃げたようだ。

「ふう、助かった。流石に人殺しをする覚悟はなかったからな……」

辺りが静かになると急に冷や汗が出てきた。

けれど、これで危機が去ったのは確かだ。

ただ、あの山賊が帰って来ないとも限らない。

早めに馬車のほうをなんとかしてしまおう。

「馬車の中の人、聞こえていますか？　山賊は逃げました。ひとまず外は安全ですよ」

馬車から少し距離をとりつつ声をかける。

するとそれまでピクリとも動かなかった扉が開いた。

直後、中からひとりの少女が姿を現す。

歳は十代後半くらいだろうか。まだ少し幼さが残っているように見える。

長く綺麗な黒髪をしていて、丁寧に手入れされているから身分が高そうだ。

白と青を基調とした綺麗な衣装を身にまとっていて、こっちも良い仕立てに見える。

少なくとも、俺がお世話になった村の人とは雲泥の差だ。

「本当にあの山賊たちは逃げていったのですか？」

少女は怯えた表情で辺りを見ながら問いかけてくる。

あれだけの集団に襲われていたのだから恐怖するのも無理はない。

俺は出来るだけ安心させようと丁寧な言葉遣いで答えた。

「ええ、そうですよ。でも、また戻ってこないとも限りません。早くこの場を離れたほうが良いでしょう」

「そうですか、ありがとうございます。馬車の中から貴方様の戦いぶりは見ていました。もし良ければお名前をうかがってもよろしいですか？」

「俺の名前はアルム、旅人です。自由都市ディードに向かう途中でした」

自己紹介すると彼女も名乗り返す。

「わたしはマティ・フィラフトと言います。ここより東の地を治めるフィラフト伯爵の娘です」

「えっ、伯爵様のご令嬢!?」

魔法で防御された馬車だから重要人物が乗ってるのは想像できた。

けれど、まさか伯爵令嬢だなんて……。

この国で暮らす一般人にとって、貴族は雲の上の存在だと聞いている。

しかも、伯爵というと貴族の中でも上位の爵位。

もし現代日本に当てはめるなら大都市の市長とか、都道府県の知事レベルなんじゃないだろうか？

そんな有力者の娘だと分かって少し緊張してしまう。

「ええと、マティ様は特にお怪我とかありませんか？」

「わたしは大丈夫です。しかし……」

彼女はそう言うと、馬車の周りで倒れている護衛のほうへ近寄りしゃがみ込む。

「護衛の者や御者はわたしを守って亡くなってしまいました」

「すみません、俺が到着したときにはもう……」

「いえ、アルムさんを責めている訳ではありません。この辺りは比較的治安が良いと聞いていたのですが、まさか山賊に襲われてしまうなんて……不幸でした」

どうやらマティは彼等の死を悲しんでいるようだ。

この世界の貴族といえばもっと傲慢なイメージがあったのだけど、彼女は違うらしい。

斃れた彼らの傍に行って、せめてもと目を閉じさせている。

死体に近づけなかった現代人の俺よりも、心が強いのかもしれない。

「アルムさん。助けていただいた上でぶしつけなお願いなのですが、せめて彼等を物陰へ移動させるのを手伝っていただけないでしょうか？」

「わかりました。このまま野ざらしにしておくのも忍びないですからね」

少々恐ろしい気持ちはあったものの、年下の少女が立派に対応しているのに俺がビビってたら格好が悪い。

勇気を振り絞って遺体の処理を行うと、並べたそれらを前に立ち、マティが何やら呪文のようなものを唱え始めた。

「火の精霊よ、力をお貸しください。『炎柱』！」

すると、遺体を大きな火柱が包んで焼却していく。

「す、すごい！　マティ様、魔術師だったんですか？」

「はい。ですが、山賊に襲われたときは恐怖で……馬車の魔道具へ魔力を供給するのが精いっぱいで……」

どうやらあの防御魔法は、マティが中から魔力供給をしていたらしい。

「自分を責めることはないですよ。さあ、ここを離れましょう」

「そうですね。ご迷惑をおかけしてすみません」

それから、護衛たちの遺品や馬車の中にあった荷物を、残った一頭の馬に乗せて移動することに。

俺の目的地は自由都市だったが、マティの家があるフィラフト伯爵領へ向かうこととなった。

幸いなことに、父親の伯爵が、ここからほど近い町まで視察に来ているらしい。

そこまでは数日ほど野宿することになるが、本来はめったに山賊など出ない地域なので、警戒すれば大きな心配はないようだ。

「それにしても、マティ様はこれだけ長く歩いても大丈夫なんですね。貴族のお嬢様はもっとか弱いイメージがあったので」

「令嬢と言っても、わたしは平民出身の側室の娘なんです。子供のころから友達と走り回って遊んだりして、姉たちからは平民臭いなんて言われていましたから」

そう言って苦笑いするマティだけれど、俺から見れば立派なお嬢様だ。

言葉遣いも仕草も、相当な教育が施されているように見える。

「アルムさん、いつまでもかしこまった言葉遣いでなくても大丈夫ですよ。わたしのほうが年下ですし、なにより命を救っていただいた恩人ですから」

「む、そう言うのなら……マティ、改めてこれから数日よろしく」

「はい、こちらこそよろしくお願いします。アルムさん！」

こうして俺たちはふたりきりで、数日だけの旅をすることになった。意外とたくましいマティも、さすがに最初は野営に戸惑っていたようだけれど、適応力が高いのかすぐに慣れた。

それよりも、彼女は俺の使っている道具に興味があるようだ。

ある夜、テントを張って焚火を用意すると彼女が問いかけてくる。

「アルムさんが使っている道具からは、全て濃密な魔力の気配がします。もしかして、アルムさんは付与魔術士なんですか？」

「マティも魔術師だから分かるのかな。そうなんだ」

「ああ、やはり。わたしもいくつか魔法を付与された品物を見たことがありますが、これらはそれと比べ物にならないほど高度で強力な魔法が込められていますね！　もしや、アルムさんはお国では相当高名な魔術師なのではないですか？」

マティがなにか期待に満ちた目で見つめてくる。

「いや、そんなことはないよ。ごく普通の一般人だったし」

そう言ってから、この言い方だと誤解が生まれてしまいそうだと気づき言葉を付け足す。

「でも、俺の生まれ育った場所は少し変わってたから、こっちの国の感覚と単純には比べられないんじゃないかな」

「そうですか……ですが、アルムさんの魔法が凄いことは良く分かります。わたしも多少魔法の心得がありますから、それは保証しますよ！」

「あはは、ありがとう。そう言ってもらえると嬉しいよ」

貴族のお嬢様に保証されたんだ。

俺の力はそれなり以上に強力ということだろう。

嬉しい反面、今後は使い方をよく考えなければと思う。

どこかの貴族にでも捕まって、道具に魔法を付与する装置のように扱われるのは御免だ。

その日はもう遅いということで、ふたりとも休むことに。

こうして野営をする場合、普通なら万が一を考えて見張りが必要だ。

けれど、俺には万能の付与魔術がある。

テントの周辺に、警報を鳴らす魔法を付与した小石と、刺激を与えると電流が流れる魔法を付与した小石を順番にバラまいた。

最初の警報で立ち止まらなかった相手には電流をお見舞いする仕組みだ。

効果が一晩で切れるよう設定したため回収する必要もない。

こうして付与する魔法に細かい設定を加えられるのも、付与魔術にかなり課金したおかげだ。

テントには虫よけの魔法も付与してあるから、野営の装備としては完璧に近い。

「ではアルムさん、おやすみなさい」

「おやすみマティ」

テントは一つしかないので当然いっしょに横になる。

この状況がどうしてもよろしくない。なぜかというと、マティがすごく無防備だからだ。

「んっ……」

まず彼女は可愛らしい顔立ちに比べてすごく発育が良い。

手足なんかはほっそりしているものの、胸元や腰回りは魅力的に育っている。

特に胸なんかは俺の片手には収まりきらないサイズだ。

間違いなく巨乳と言っていい。

そして今、彼女は寝苦しいからか服の胸元を開いて横になっている。

すると、俺の位置からでも胸の谷間が見えてしまうのだ。

それに加えて、慣れない寝床のせいか足もモゾモゾと動かしている。

そのせいでスカートがめくれ、魅力的な白い太ももが露《あらわ》になっていた。

幸か不幸か、今夜は月明かりが強いためにテントの中でもその光景が比較的鮮明に見える。

こうなると気になってしまってなかなか眠れない。

隣で年頃の少女が無防備な姿を晒していると考えると、何故だか頭の中がモヤモヤしてしまう。

このまま見続けていると、彼女のほうへ手を伸ばしてしまいそうだ。

「……いや、何を考えてるんだ俺は」

小声でつぶやきつつ体を動かしてマティに背を向ける。

普通に考えて、年端も行かない少女に手を出すなんてアウトだ。

ましてや、マティは山賊たちに襲われて怖い思いをしたばかり。

そんな少女に興奮してしまうなんて良くない。

頭の中で別のこと、能力の活用法なんかを考えつつ眠気が来るのを待とうとする。

しかし……。

「あの、アルムさん」

「ッ!?」

背後から突然声をかけられてしまい驚く。

振り返るとマティが俺を見ていた。

「ど、どうしたんだ？」

「その……先ほどから何か小声でつぶやいているのが聞こえてしまって」

「なんだって……？」

その言葉に心臓がドキリと大きく跳ね上がる。

頭で考えていたことが口に出てしまったらしい。問題はどこからどこまで聞かれていたかだ。

「あの、マティ。具体的にはどんなことを聞いたのかな？」

冷や汗をかきながら聞くと、彼女は少し顔を赤くしながら答える。

「ええと、その……わたしの体を気にしてしまっていたんですよね」

「うっ……」

聞かれてしまったようだ。

一番マズいところを、声に出してしまっていたらしい。

目の前が真っ白になって、どうしたら良いか分からなくなる。

山賊に襲われた記憶も新しいのに、隣で寝ていると男が自分の体を意識していると知ったマティはどんな気持ちだろうか？

胸の中に罪悪感が広がって嫌な気分になる。

そして、何と言ったらいいか分からない俺に彼女が言葉をかけてきた。

「あの、気に病まないでください。わたしも理解していますから」

「え？　理解って、何を？」

予想外の言葉が出てきたことに困惑してしまう。

彼女は何を理解したんだろうか。

マティは慌てている俺を見て逆に落ち着いたのか、ゆっくり話し始める。

「わたしも貴族の令嬢として、いろいろと勉強することがあったのですが……。その中で、戦いを終えた殿方は気分が昂ぶっていて、本能的に女性を求めてしまうと聞かされました」

そんなことがあるのかと思ったけれど、よく考えると自然かもしれない。

命のやり取りをした後は、自然と子孫を残そうという気持ちが強くなるのかも。

「ですから、アルムさんが罪悪感を抱く必要はないんです」

「そ、そうかな」

マティは俺の反応に理解を示してくれているようだ。

少なくとも、怒られたり軽蔑されるよりはよほどいい。

けれど、年下の女の子に押さえきれない欲望を察してもらうというのは複雑な気分だ。

肉体年齢は二十歳前だけど、中身はアラサーの大人としては情けなくなってしまう。

俺が頭を抱えて悩んでいると、マティが体を起こして近づいてきた。

「どうしたんだ？」

顔を上げて問いかけると、彼女が控えめに提案してくる。

「あの、もし良ければ、わたしにお相手させていただけませんか？」

「はっ？」

彼女の言葉に一瞬、思考が固まってしまう。

お相手って、もしかしてムラムラした気持ちを解消する相手ってことか？

「いや、マティにそんなことしてもらう訳にはいかないよ」

彼女は伯爵様の娘だし、親の下へ安全に送り届けなきゃいけない庇護対象だ。

そして何より、まだ成人してもいない少女である。

少し前まで滞在した村では、このくらいの年でも結婚する例はあったようだけれど、俺の常識からするとまだそういうのは早い。

そんな彼女を相手に……。

「アルムさん、わたしでは相手として不足でしょうか？」

しかし、今夜のマティは思ったより押しが強い。

今まで素直に言うことを聞いてくれていただけに、困惑してしまう。

困った俺はストレートに聞いてみることに。

「……どうしてそこまでするんだ？」

「アルムさんは命の恩人です。恩人相手に恩返しの一つもしないままだなんて、両親に怒られてしまいます。それに、貴族の娘として殿方へご奉仕する教育もされていますから」

「そうは言ってもマティ……うおっ!?」

やはり今夜のマティはかなり積極的だった。

俺が渋っていると、我慢できなくなったのか押し倒してくる。

「ごめんなさい。でも、このまま問答していたら朝になってしまいますから」

彼女はそう言うと、俺のズボンのベルトを外し始めた。

こうなっては俺も素直に受け入れるしかない。

「わ、分かったよ！　マティにお願いする。だから慌てないでほしい」

「ほんとうですか？」

「嘘はつかないよ」

そう言うと彼女は、あからさまにホッとした表情になる。

「では、このままご奉仕させてもらいますね」

「うん。ああ、でも待って！　最低限綺麗にしないと」

俺は鞄から一枚の手ぬぐいを取り出す。

「これには『浄化』の魔法が付与してあるから、軽く拭けば風呂に入ったのと同じくらい綺麗になる。

流石に女の子に汚い体を触らせられないよ」

「そんなものまで！　アルムさんの付与魔術は凄いですね。ありがたく使わせていただきます」

互いに体を綺麗にすると、いよいよ行為が始まった。

彼女は下着ごとズボンを脱がし、肉棒が露《あらわ》になる。

男性器を前に、マティは顔を赤くしていた。

「これが男の人の……」

「初めて見るんだ？」

「貴族の娘は、よほどのことがなければ基本的には男性と深く接することはないんです。都会のご令嬢たちは、こっそり火遊びすることもあるみたいですけど」

「ああ、魔法があるから純潔の証拠も偽造できるな」

俺が付与できる能力にも、傷や病気を回復させるものがある。

そうなると、貴族の男たちは初夜で妻が純潔でも疑心暗鬼になりそうだ。

それとも、そういうことも覚悟の上で娶るのかな。

「実際に触れてみますね」

余計なことを考えている内にマティが手を動かした。

肉棒に触れると、両手で撫でるように刺激し始める。

「うっ……」

力はそれほど強くないけれど、しっかり刺激を感じられる絶妙な具合。

スベスベとした手の感触を味わっていると興奮してきてしまう。

「あっ、ピクッと動きました。少しずつ大きくなっていますね」

マティは顔を赤くしつつも、しっかり観察しているらしい。

少し恥ずかしくなってしまい、気を紛らわそうと声をかける。

「初めてなのに上手いんだね。教育の成果なのかな？」

「はい。頑張って勉強したので」

話を聞くと、教育係の侍女が熱心に教えてくれたらしい。

貴族令嬢の結婚はすべて、基本的には政略結婚だ。

好きな相手に嫁げるなんて、ほぼ不可能だという。

けれど、結婚してから育める愛だってあると、侍女は言っていたのだとか。

確かに貴族の結婚なんて政略的なイメージしかないけど、当人たちは決められた枠の中で色々と頑張ってるんだなと初めて知った。

それになにより、マティみたいな可愛い子が真剣にエロいテクニックを勉強していたというのは、男としてはかなり興奮する。

半勃ち状態だった肉棒が、マティの愛撫で完全に勃起していった。

「あぅ……こ、こんなに大きくなるんですね」

どうやらフル勃起は、マティの想像以上だったらしい。

なんとなく嬉しくなる。

彼女は肉棒から視線を逸らすと俺のほうを向いた。

「アルムさんは何かしたいこととかありませんか？　わたしばかりさせてもらうのは心苦しいので」

「そんなこと気にしなくていいと思うよ。でも、そう言ってくれるなら……」

俺は視線をつい、彼女の大きな胸へ向けてしまった。

こんなに可愛らしい顔をしているのに、ここのボリュームは凶悪だ。

ぜひ生で見てみたい。マティに自分の体を晒したからか、俺も大胆になっていた。

「じゃあ、マティのほうも脱いで見せてほしいんだ」

「えっ！　わたしですか！」

「ダメだったかな？」

「いえ、そんなことはないです。分かりました」

そう言いつつ彼女は自分の服をはだけ始める。

流石に羞恥心があるのか完全には脱がないものの、大きな胸はぽろりと露出する。

「おお……」

真っ白で綺麗な巨乳を前にして思わず感動の声が漏れてしまう。

片手では覆いきれないくらいのサイズだ。

形も綺麗で、まさに美巨乳と言っていいと思う。

「触ってもいい？」

「は、はい。どうぞ」

手を伸ばして乳房に触れる。

スベスベした肌の感触がして、少し力を入れると柔らかく歪んだ。

柔らかさと弾力の絶妙な心地よさに、思わず自重を忘れて揉んでしまった。

「ん、あぅ……アルムさん、おっぱいに夢中です」

「あっ、悪いマティ。気持ちよかったから、つい……」

自分の大人げなさに恥ずかしくなる。

けれど、どうも彼女の反応も悪くなさそうだと気づいた。

勃起した肉棒を片手でしごきつつ、俺のほうへ体を寄せてくる。

「自分で触れて、アルムさんに触れられて……なんだか、体が熱くなってきてしまいました」

見れば、巨乳の頂《いただき》にある乳首も最初より硬くなっている。

彼女も興奮しているんだ。

そう分かると、さらに俺の興奮も高まって、いても立ってもいられなくなる。

さっきまで年上らしく自重しようと思っていたのに、体が勝手に動いてしまった。

「マティ……」

「アルムさんっ!? ん、ちゅっ、んぅぅ！」

彼女の肩に手を回して抱き寄せ、そのまま唇を奪った。

最初はビックリした様子だったけれど、三十秒くらいで慣れてくる。

そのタイミングを見計らって口の中へ舌を入れ、より深くまでつながった。

「あぅ、はぁっ、はぁっ……ちゅ、れろっ！」

口の中で動く俺の舌に、マティも自分の舌を絡ませてくる。

それによって俺もまた興奮してキスを続けた。

数分後には、互いにもう十分すぎるほど気分が高まってしまっている。

「はぁっ、んぅっ……アルムさん、わたし……」

マティが切なそうな視線で俺を見る。

俺ももう我慢出来なかった。

「マティ、このまま抱くよ」

「はい」

頷いたのに合わせて彼女をベッドへ押し倒す。

「きゃっ！」

小さく悲鳴を上げるマティ。

でも、嫌がっている訳じゃないことは分かっている。

俺はスカートをめくりあげると下着を脱がせ、足を広げさせた。

「やっぱり、すごく濡れてるな」

「うぅ……そこを見られるのは恥ずかしいです」

興奮しきっている今でも秘部を見られるのは恥ずかしいようだ。

でも、体のほうはベストなくらい準備が整っている。

俺は開いた足の間に腰を進ませ、肉棒を秘部へ押し当てた。

「あっ……すごく、熱いです。アルムさんの……」

羞恥と興奮で顔を赤くしているマティ。

可愛らしい表情がだんだんエロくなってきている。

今からこの少女の初めてを貰うんだと思うと、信じられないくらい興奮してきた。

「入れるよ」

一言断った後で、すぐに腰を前に進める。

「うぅっ！」

マティが苦しそうな声を漏らした。

流石に狭く抵抗感があるけれど、たっぷり濡れているおかげで挿入自体はスムーズだ。

どんどん奥へ入っていって、ついに処女膜を突き破る。

「あぁぁっ!?　くっ、あぅ！」

流石にこのときばかりは痛みが勝ったのか悲鳴が聞こえた。

「マティ、大丈夫か？」

「す、すみません。少しだけ休ませてください」

どうやら思った以上に衝撃が強かったみたいだ。

破瓜åの痛みは人によって異なるらしいけれど、マティの場合、決して軽くはなかったらしい。

「大丈夫。しばらくこのままにしてるよ」

俺は彼女を抱きしめるように背中へ手を回しつつ撫でる。

それから数分もすると呼吸も落ち着いてきた。

「アルムさん、もう……大丈夫です」

マティは俺を見上げて、顔を赤らめながらそう言った。

彼女の言葉と共に、膣ヒダがきゅっと絡みついてくる。

最初は異物に怯えていた膣道も、心なしか快感を受け止めるようになり始めたみたいだ。

「じゃあ、動くぞ」

俺は処女膜より少し手前を中心に、ゆっくりと腰を動かしていく。

「あっ……ん、く、ふぅ……！」

彼女の口から声が漏れる。

その声色に色っぽいものが混じっているのを確かめながら、俺は腰を動かしていった。

「はぁ、ふぅ……あぅ！」

この辺りはまだ痛みがないからか、快感を得やすいようだ。

彼女の体に快感が十分溜まってきたところで奥のほうまで動かしていく。

「あぁぁぁっ！　わたしの中、一番奥まで……！」

自分の奥まで俺のものが入っていると分かるようだ。

両手を握りしめて、必死に快感に耐えようとしている。

けれど、俺は遠慮なくピストンを強めた。

「マティの中、凄いぞ！　こんなにぎゅうって締めつけてきて、搾り取られそうだ！」

「か、体が勝手に動くんですっ！　アルムさんに反応して……あっ、また！」

話している間にも膣内が締めつけてくる。

特にピストン中に動かれると、ヒダも絡みついてきてたまらない。

正直に言うと今にも射精してしまいそうだった。

おかげで徐々に腰の動きも速くなっていく。

けれど、同時にマティのほうも気持ちよくなっているようだ。

息が荒くなり、嬌声もいやらしくなってきている。

「うぅ、はぁっ！　奥までゴリゴリされて、中がっ……これ、気持ちいいですっ！」

甘い声の途中でそんな感想をつぶやいてくる。

自分が今、目の前の少女を感じさせているという実感が湧いてきて、より興奮してしまった。

「このまま最後までマティと繋がってるからな！」

「はいっ、わたしもいっしょに！　うぅ、はぁっ！　もうダメです、我慢できませんっ！」

同時に彼女のほうも限界を訴えてくる。

膣内も不規則にビクビクと震えて、制御出来ているようには思えない。

本当に感じすぎてこんな状態になってしまっているんだ。

俺は自分の興奮が無限に高まっていくようにも感じる。

マティの腰を両手で掴みながら、全力で腰を打ちつけていった。

さっきまで処女だったとか、もう気にしていられる状況じゃない。

彼女のほうだって、乱れてエロい声をテントの外まで響かせていた。

「マティ！」

「アルムさんっ！」

彼女の足が俺の腰に巻き付く。

もう逃がさないという意思の表れだろうか。

妊娠はマズいと頭で分かっていても、もう止められなかった。

なにより、彼女のほうから受け入れてくれるのが嬉しくてたまらない。

俺はさらに前のめりになりつつもラストスパートをかける。

「このまま出すぞっ！　マティの中にっ！」

荒い息を吐きながら、興奮の渦の中にいる彼女まで声が届くように強く伝える。

パンパンと体をぶつける音がテント内に響く。

野営している最中だなんてことはもう忘れて、一心不乱にセックスしていた。

「わ、わたしもイキますっ！　来るっ、来ちゃうっ！　あぁぁぁぁっ！」

マティの腰がビクビクッと震える。

それに合わせて膣内も収縮した。

肉棒が根元から先端まで締めつけられて、それが最後の引き金になる。

「イクぞっ！」

一度腰を引くと、最後に思いっきり奥へ突き込んだ。

亀頭が子宮口を押し上げ、それがトドメの刺激になる。

「ひうううぅぅうぅっ!?　イキますっ！　イクッ！　イックウウウゥウウゥッ!!」

マティの全身が大きく震え絶頂する。

彼女は目を白黒させながら、今までに感じたことのない快感を味わっていた。

それと同時に、俺も溜めに溜めた欲望を解き放つ。

「くっ！　マティッ！」

ドクドクッと勢いよく射精して膣内を子種で満たしていく。

互いに絶頂で頭の中が真っ白になって、気付けば自然と抱き合っていた。

「あぅ、はぁっ……中で、アルムさんがビクビク震えてます……」

「俺もマティの中がトロトロになってるのが分かるよ」

心地いい絶頂の余韻を味わいながら、俺たちは横になる。

しばらく体を繋げたままにしていると、マティが話しかけてきた。

「アルムさん」

「どうしたんだ？」

「わたし、救ってもらったのがアルムさんで良かったです。他の人だったら、こんなふうにご恩を返すことが出来なかったかもしれません」

「そ、そっか……うん」

そう言ってもらえたのは嬉しいけれど、同時に少し不安な気持ちも湧いてしまった。

もし運命の歯車が狂えば、彼女を助けていたのは別の人間かもしれない。

そうしたら、マティはそいつに今夜と同じようなことをした可能性はゼロじゃない。

そう考えると今回の出会いはとても幸運だったし、この幸運を手放したくないと思ってしまう。

けれど、あくまでマティとは、彼女を父親の下へ送り届けるまでの関係だ。

そう自分に言い聞かせつつ、その夜は彼女を抱いたまま眠るのだった。

◆　◆

数日後。俺たちは目的地の町に到着していた。

俺が以前お世話になっていた村とは発展具合がえらく違う。

入り口には立派な門があるし、中心部にはレンガ造りの家も多い。

市場には活気があって、大勢の人で混雑していた。

軽く見ても数千人規模の住人がいそうだ。

「ここに今、マティのお父さんがいるんだ」

「はい、こちらです」

彼女に案内されて、町で最も立派そうな屋敷へたどり着く。

そこの守衛にマティが話をすると、彼は酷く驚いた様子で屋敷の中へ入っていった。

するとすぐに何人もの召使いたちがやってきて、俺たちを屋敷の中へと通す。

屋敷中に入ると一旦、マティとは離れることになった。

少し不安になったけれど、屋敷の人たちは俺に対しても、常に丁寧に接してくれた。

どうやら山賊に教われていた彼女を助けたということは、充分に伝わっているらしい。

これから伯爵様と面会するということで、綺麗な服まで貸してくれた。

流石に薄汚れた旅人の服のままで、貴族のご当主に合うわけにはいかないよな。

ありがたく借りることにしてから、応接室へ案内される。

中に入ると、すでにマティと父親である伯爵がいた。

伯爵は五十代半ばくらいで、けっこう強面《こわもて》だ。体格も立派で髭も生やしているから貫禄がある。

前世で勤めていたブラック企業の社長も同じくらいの年齢だけど、ハッキリ言って月とスッポンだろう。威厳がまったく違う。

少し緊張しながら立っていると伯爵が声をかけてくる。

「まあ、こちらに来て席に座りたまえ」

「失礼します」

第一声がおおむね好意的な雰囲気だったので、俺も安堵する。

言われた通り席に座ると、再び伯爵が口を開いた。

「君が娘を助けてくれた男だな。アルムという名前か」

「はい、そうです」

「私はエドワード・フィラフト伯爵だ。まずは事の経緯を君の口から聞かせてほしい。娘からも聞いているが、一応確認のためにな」

こうして俺は、できる限り詳しく山賊たちのことを話すことになった。

とはいっても、これはそう複雑な話じゃない。十分ほどで説明が終わると、伯爵も頷いていた。

「娘から聞いている話と一致するな。君の話を信じよう」

「ありがとうございます」

「なに、私のほうこそ礼を言わねばなるまい。君がその場に居合わせなければ、マティは山賊どもに捕まっていたことだろう」

伯爵の言葉に、隣に座っているマティも頷く。

「森の中から奇襲されたので、護衛も御者も倒れてしまい、わたしはひとりきりでした。馬車にかけられた魔法があっても、そう長くは持たなかったはずです」

「護衛たちの力が及ばなかったのは残念だが、状況を考えれば責める訳にもいくまい。あの辺りに装備が整った山賊が出るなど、今までなかったことだ。調べさせているよ」

どうやら伯爵家のほうでは、もう手を打っているようだ。

となると、残るは俺の処遇か。

今のところ好意的に接してくれているけれど、どうなるか分からない。

俺が緊張していると、伯爵が見つめてくる。

見つめているというか、強面だから睨まれているように感じた。

何を言い渡されるのかと内心ビクビクしていると、急に彼が笑みを浮かべる。

「フィラフト伯爵家の当主として、恩のある相手には報いるつもりだ。何か望みはあるか？」

そう聞かれ、いきなりのことに迷ってしまう。

けれど、伯爵をあまり待たせるのも悪いと思って一つ提案する。

「ええと……じゃあ、まずは旅で使った消耗品の補充をさせてください。それと、身分の保証書みたいなものがあればいただきたいと思います。私は遠方から来ましたもので、身寄りがありません。当面はこの国で過ごすつもりですので、そういったものがあれば助かります」

この町ほど発展している場所なら、身元が保証されれば暮らすのもだいぶ楽になるはずだ。

ずっとこのまま余所者でいるよりも、地域の一員となったほうがサポートも受けやすい。

そう思ってのお願いだったのだけど、伯爵はなぜか笑い声を上げた。

「ははは っ、欲のない人間だなアルム殿は。了解した、消耗品どころか旅の役に立つ装備を一式、伯爵家で調達しよう。私のサインを加えた身分証も用意する」

「えっ!? そこまでしていただかなくても……」

伯爵本人のサイン入り証明書だなんて、この国で考えればとんでもない貴重品だろう。

けれど、彼は気にした様子もなく言葉を続ける。

「貴殿には娘を救ってもらった礼を、充分にするつもりだ。聞くところによれば自由都市ディードへ向かうつもりだったのだろう? ディードまでの馬車も手配するつもりだから、数日は我が家でゆっくり過ごしてほしい」

なんだか伯爵の態度が一気に好意的になった気がする。

どうやらさっきの発言で気に入られたようだ。

「必要以上のものを欲しがらないのは旅人らしいと言うべきか。本来なら金貨の山を要求しても許されるレベルだぞ。私にとっては好ましいがな」

「そ、そうでしたか。なにぶん、これまで貴族様と接したことがなかったので加減が分かりませんでした」

「貴殿の人の好さはマティから聞いているから、こちらで伯爵家の礼に相応しいものを用意させてもらおう」

そう言われて少し安心する。

俺のほうからたいそうなことを要求するなんて出来ないから。

それから俺は伯爵に誘われて、いっしょに夕食を食べることに。

食卓には伯爵たちだけで、他の家族はいない。

旅の途中で話を聞いた限り、マティは他の兄弟姉妹とそれほど仲は良くなさそうだ。

その関係があるのかもしれない。

けれど、それでも三人だけというのは少し違和感がある。

「あの、失礼ですがマティのお母さんは……」

「リディアは三年前に病気にかかって亡くなってな」

「すみません、そうとは知らず失礼なことを」

頭を下げると伯爵は首を横に振る。

「いいんだ。彼女の忘れ形見でもあるからこそ、マティを救ってくれたことに感謝したい」

「それを聞いて、お嬢さんを助けられて良かったと心から思いました」

伯爵がマティのことを気にかけている理由が分かった。

亡くなった母親との関係も良かったんだろう。

それから、俺たちは食事を続けつつ、お互いのことを話したりする。

俺の場合は異世界から転生してきたことを話す訳にはいかないから、いろいろとぼかしたけど。

それでもおおむね、穏やかに食事を終えることができたと思う。

この世界の情報も手に入って、俺にとっては有益だったし。

食事が終わると、部屋を変えて談笑することに。

今度は伯爵の書斎のようだ。

ここは彼のプライベートな空間で、気を使う必要はないとのこと。

もちろん急に馴れ馴れしく出来る訳じゃないけれど、向こうが気を遣ってくれているのは分かるから意識して緊張をほぐす。

今は、話に出た俺の魔法について興味があるようだ。

俺としても、自分の能力がこの世界でどんな位置なのか知りたいからちょうどいい。

最初に聞いた田舎の村人たちは、あまり魔法には詳しくなかったからな。

適当な人間に話すより、好意的な伯爵に見せるほうが良いはずだ。

「アルム殿はとても優秀な付与魔術士だということだが、どんなことが出来るんだ？」

「そうですね、例えば……」

俺は手元にあったお茶の入っているカップを手に取る。

そしてまずは、なるべく当たり障りないだろう能力を込めた。

「今、このカップに『保温』の魔法を込めました。これで、中に注がれた飲み物は温《ぬる》くなったりしません」

「なんと！　今の一瞬でか！」

すると、伯爵が驚いた顔をする。

やり方が拙《まず》かっただろうか？　俺は念じるだけで魔法を使えるし、これ以外の方法を知らない。

「私自身は魔法を使わないが、子供たちや配下には魔術師がいるから多少は知っている。しかし、詠唱もなく魔法を発動させるとは、よほど鍛錬を積んだのではないか？」

どうやらこの世界の魔法は、詠唱をするのが普通らしい。

そういえばマティも護衛たちを焼いたとき、なにやら唱えていたかもしれない。

付与魔術でもそうなんだろうか？　無言のまま魔法を使えるのは上級者だけのようだな。

まさか、転生のときにもらった特典ですとはいえないけど、言いようはある。

「故郷ではこれしか魔法がなかったので、他の魔法についてはまったくの無知なんです。良ろしければ、教えていただけませんか？」

「なるほど。ずいぶんと珍しい環境だったようだが、付与一点に特化したが故の能力なのだな」

伯爵もなんだか納得した表情で頷いている。

それから俺は、この世界の魔法について教えてもらうことに。

どうやらこの世界では、火・水・土・風の四大属性を柱とした属性魔法が主流らしい。

自分の気質に合った属性の魔法を習得していけば、成長しやすいということだ。

さらには、その属性に合った種類の精霊と契約出来れば、効果の高い精霊魔法が使えるようになるらしい。

以前マティが使っていたのは、火の精霊魔法だということだ。

精霊自体は身近にいる存在だけれど、魔力の質と技量に長けていなければ契約できないいんだとか。

故に、精霊魔法を使えれば優秀な魔術師だと評されるようだ。

つまり、マティはなかなかに優等生らしい。

もちろん四属性の魔法以外にも、いろいろな種類の魔術がある。

俺の付与魔術も、その一つだ。

けれど、主流となる属性魔法以外は研究が進んでおらず、優秀な使い手もあまりいないらしい。

そのせいで技術が停滞する悪循環になっているようだ。一応付与魔術師自体はそれなりに数がいるようだけれど、強力な魔法を付与できる者は一握りしかいないとか。

「一般的な付与魔術士ならば、先ほどアルム殿が掛けた魔法を付与するのに何時間もかかるだろう。より複雑な魔法となればなおさらだ」

「なるほど……俺の魔法がこの地域では少し珍しいのは理解しました」

とはいえ、まるっきり異端と言われるレベルで違っている訳じゃないようだ。

そこが分かっただけでも安心できる。そのとき、伯爵がある提案をしてきた。

「なあアルム殿、よければこのまま我が家に仕えないか？」

「えっ？」

「お、お父様!?」

思いもよらない言葉に驚いてしまう。

マティも予想外だったのか目を丸くしていた。

「悪いようにはしない。アルム殿のような付与魔術士というのは貴重な存在だからな」

「いきなりそんなこと……アルムさんには旅の目的もあるんですよ！」

マティは反論してくれているが、俺は少し考えてみる。

確かに権力者である伯爵の下で働くというのは、安全のためにはいいかもしれない。

マティが山賊に襲われていたように、この世界では死の危険がすぐ近くにあるんだから。

けれど転生した俺には、一人の人間や特定の組織に囚われたくないという思いがずっとあった。

日本で、文字通り死ぬまでこき使われていた経験があったからだ。

だからこそ、この世界ではもう少し自由な立場で生きてみたいという希望がある。

「申し訳ございませんが、その提案はお受けできません。大変失礼だと承知の上ですが、故郷を出たときからの目標があるんです」

「ほう、それは？」

「自由都市ディードへ行って、冒険者になりたいと思っています」

「なるほど、冒険者と！　冒険者は自由で夢のある職業だが、上手くいくのは一握りだけだぞ？」

伯爵が腕を組んでこっちを見てくる。

少し恐ろしい気持ちもあるけれど、ここは自由に生きたいという気持ちが上回った。

「覚悟の上です。自分の命を自分のために好きなように使えるんですから、後悔はしません」

確信を持ってそう言う。

すると、伯爵は組んでいた腕をほどいてため息を吐いた。

「そうか、残念だな。だが、信念はあるように見える。まだ若いが色々と経験してきたようだ」

どうやら彼には、いろいろと見抜かれてしまったようだ。

前世での年齢を加味すると、見た目よりも一回り以上年上だもんな。仕方ない。

むしろ察してくれてありがたいという思いがあった。

「すみません、流れ者の分際でわがままを言ってしまって」

俺はそう言うと、懐の中からあるものを取り出す。

村に滞在している期間でいくつか作っておいたアイテムの一つだ。

余り布を譲ってもらい小さな袋を作って、そこに丸い小石を入れている。

「アルム殿、それは？」

「俺の力で作ったアイテムです。毒物を検知する魔法が付与されていて、毒が近づいただけで僅かに震えます」

「なんと、そんなものまで作れるのか？　毒物の検知など、水属性や土属性の精霊魔法でないと出来ないはずだが、それをこのように小さいものに付与できるとは……」

「身分も定かではない余所者に、良くしていただいたお礼です。どうかお受け取り下さい」

そう言って差し出すと、伯爵はため息を吐きながら受け取ってくれる。

「ありがたくいただこう。だが、このような物は軽々しく表に出さないほうが良い。アルム殿を利用しようとする輩がごまんと出てくるだろうからな」

「はい。肝に銘じておきます」

伯爵にアイテムを渡したことに後悔はない。

お世話になった村の人にも渡しているし、受けた恩は返さなければいけないから。

その後は話題も穏やかになり、夜も更けてきたということで休むことに。

俺は来客用の部屋に通されるとベッドへ横になる。

すると、旅の疲れが出たのかすぐに眠ってしまうのだった。

けれど、眠りに入ってからそう時間が経たないうちに、また目覚めることになる。

部屋の扉が開いて、何者かが入ってきたからだ。

完全に寝入っていたので、普通なら気付かない。

けれど、予期せぬ侵入者を探知する能力を付与した木の札が震えたことで目覚める。

俺は万が一のために防御魔法を付与した小石を取り出し、声をかける。

「こんな夜中にいったい誰だ？」

「ッ!?　お、起きてらっしゃったんですね」

「その声はマティ？」

起き上がると、可憐な少女の姿があった。彼女は少し、バツが悪そうにしている。

「す、すみません」

「いや、いいんだ。とりあえず座って落ち着いて話そう」

俺はとりあえず彼女をベッドに座らせ、その横へ腰掛けた。

「それで、どうしてこんな夜中にやってきたんだ？」

「実は、アルムさんに聞いてほしいことがあるんです」

「なんだろう。俺にできることなら協力するけれど」

「それは……」

彼女はそこでほんの少し躊躇した後、意を決して口を開く。

「わたしをアルムさんの冒険者仲間にしてくれませんか？」

「なっ……それは本気で？」

その言葉を聞いた瞬間、俺は彼女の正気を疑ってしまった。貴族のお嬢様として何不自由のない暮らしをしているはずのマティが、どうしてこんなことを言うんだ。

「……理由を聞いても良いかな？」

けれど、こんなことを言いだすからには彼女にも相応の理由があるはず。

まずはそれを聞いてみることに。

「アルムさんはもう、わたしが父以外の家族とあまり仲が良くないことは知っていますよね？」

「前にも少し聞いたよ。マティのお母さんだけが平民出身だったから……だね」

「はい、母は伯爵家とつながりのある商人の娘だったのですが、あるパーティーを切っ掛けに父と恋仲となって結婚しました。お父様は平民出の母を愛してくれました。本来なら妾がせいぜいだったところを強引に側室にしたくらいです」

どうやらあの伯爵も、婚姻のときには無理をしたようだ。

親族の反対とか、いろいろと乗り越えたんだろうな。

「けれど、そのせいで母が亡くなった今でも、他の家族はわたしのことを好ましく思っていません。わたしを排除しようとする悪い噂もあるんです。お父様はわたしのことを思って魔法の学校へ通わせたり、護衛もつけていてくれたのですが……」

「今回の件でその護衛たちも亡くなってしまって、悪い状況になりかねないと」

「庶民の血が混じったわたしでは、政略結婚にも使えませんから、家を出ていったほうが良いんじゃないかと思うんです」

「そんなふうに考えていたのか……」

腹違いとはいえ、血の繋がった兄弟たちに疎まれるのは辛いだろうと思う。

けれど、マティは暗い気分を振り払うように笑みを浮かべた。

「でも、悲観的な理由だけじゃないんですよ。アルムさんが山賊を追い払ったときに思ったんです。なんてカッコいいんだろうって。わたしもあの人みたいに強くなりたいと」

「そんな……俺はそこまで言われるほどじゃないよ」

本職の戦士や魔術師のほうが、強い人は大勢いるだろう。

「でも、私にとっての勇者はアルムさん、あなたです。どうか、あなたの下で冒険者をやらせてほしいんです！」

「む……」

そう言われると無下には断れない。

マティの状況が心配というのもあるし、単純にそんなふうに思ってもらえるのが嬉しかったからだ。転生前はただ上からこき使われるだけで、頼られるような経験はほとんどなかったから。

だからか俺には、彼女の必死な言葉がかけがえのないもののように聞こえる。

「分かった。マティもいっしょに行こう」

「本当ですか!?」

「ああ。でも、せめて伯爵の許可はとらなきゃな」

唯一大事にしてくれた父親にまで黙って出ていくのは、あまりにも不義理だ。

彼だけは正面から説得しなければいけない。

「それは分かっています。でも、お父様もきっと許してくれると思います」

「そうだね。たぶん、あの伯爵なら大丈夫じゃないかな」

今のまま家にいてもマティが辛いというのは、理解しているんじゃないだろうか？

懸念があるとすれば、娘を任せる相手として俺を信用してくれるかどうかだ。

俺が問題になったときは、話し合いをしなければいけない。

マティに頼られている以上、俺も覚悟を決めた。

「大丈夫、きっと上手くいくよ」

「はい、ありがとうございます」

頷くと少し気が楽になった様子のマティ。

この顔を見られただけでも良かったと思う。

そんなことを思っていると、マティがこっちに体を寄せてきた。

「あの、アルムさん」

「どうしたんだ？　まだ何か話があったかな？」

「いいえ、違うんです。今夜はこのままアルムさんの部屋で過ごさせてくれませんか？」

「えっ……いや、それは……」

流石にマズいんじゃないか。

野営していたときはともかく、ここはしっかりした屋敷だ。

実家ではないから他の家族はいないとはいえ、伯爵がいる。

そんな家の中で、お嬢様である彼女と同衾するのは良くないだろう。

そう思ってなだめようとするけれど、マティはなかなか素直にならない。

「はしたないと思われるでしょうが、あの夜のことが忘れられなくて……」

そう言いつつ俺の膝に手を置いてくる。

気付けば彼女の瞳が興奮で濡れているように見えた。

「マ、マティ……」

真面目な彼女がこんなことをするなんて。

あの一回のセックスで、それだけ大きなショックを与えてしまったということだろうか。

そう考えると、後悔と嬉しさが両方湧いて出てきてしまう。

いけないとは思いつつ、ついマティの腰を抱き寄せてしまった。

「嬉しいです、アルムさん……んっ」

体を寄せると彼女のほうからキスしてくる。

俺はそれに応えて唇を押し付け、一気に行為へなだれ込んだ。

互いに服を脱がせて、全裸になってしまう。

マティは地頭が良いからか、一度の経験で色々と覚えているようだ。

「すごい、もうこんなに大きくなっていますよ」

「マティと裸で抱き合ってたからだよ」

彼女の裸体を見て、実際に触れて、それだけで十分なほど興奮が高まってしまう。

肉棒はもう完全に勃起して準備万端だった。

彼女もそれを見てゾクゾクと肩を震わせているようだ。

「あの夜のことを思い出すだけで、お腹の奥が熱くなってしまうんです」

手が俺の股間にまで伸びてくる。俺はそれを止めることなく受け入れた。

「あぁ……もう大きくなってきていますね」

そう呟くマティの表情は嬉しそうだった。

一見すると可愛らしい顔だけど、隠しきれない情欲の気持ちが浮いて見える。

間近で美少女のエロい姿を前にしては、俺も自分が抑えられなくなっていった。

「マティ、俺も……」

我慢出来ずベッドへ押し倒そうとするけれど、彼女は俺の腕を掴んで止めた。

「ダメです。今夜はわたしにさせてください」

「マティに？」

「はい、知識はそこそこにありますから」

どうやら、そういうことらしい。

「そうか、分かったよ」

初体験では俺が動いていたし、マティがしたいというなら自由にしてもらっていいだろう。

彼女は俺の肩に手を置くと、そのままベッドへ押し倒してくる。

そして、仰向けで横になった俺の腰の上に跨《また》がった。

「こうしてアルムさんを見下ろすのは初めてです」

「俺もマティを見上げるのは初めてだけど、すごく魅力的だよ」

艶のある長い黒髪と、対照的な白い肌。そして宝石のような青い瞳。

ほっそりしていながらも要所は肉感的な体が、牡の欲望を煽ってくる。

「あっ、すごいです。まだ少し触っただけなのに、もうこんなに……」

マティが見下ろす先には、限界まで勃起した肉棒があった。

ヒクヒクと震えて、先端からは先走り汁を垂らしている。

いますぐマティの中に入りたくてたまらないという気持ちを表していた。

「こんなものを見せられたら、わたしもっ！」

彼女は腰を浮かせると肉棒に跨る。

「うわっ！　熱い、マティもこんなに濡れてるじゃないか」

彼女も興奮していたのか、秘部は愛液でトロトロだった。

もうこれ以上、下手に刺激を加えるのは焦らすだけだと分かる。

「はしたなくてごめんなさい、もう我慢できないんです。入れますね？」

マティは俺が返答するより先に腰を下ろした。

「あぅっ！」

流石の彼女も、最初の挿入では僅かに苦しそうな声を漏らす。

体が求めているとはいっても、まだ二回目だから仕方ない。

けれど、一度中に入ると膣内が全力で歓迎してきた。

「はうっ、あぁぁ！　すごい、奥まで入ってきますっ！」

「マティの中、遠慮なく締めつけてくる！」

俺の上で腰を振りながら、マティが蕩けた表情で見下ろしてくる。

「んっ！　あっ、あふっ……アルムさん、どうですか？　わたしの中、あっ！　気持ちいいですか？

ん、あふっ……」

「ああ……」

緩やかに腰を振るマティを見上げながら、俺は頷いた。

お嬢様が自ら腰を振っている姿はかなりエロく、それだけでも刺激的だ。

それに加えて、当然その膣襞は積極的に蠢いて肉竿を絞り上げてくる。

「あふっ、ん、あぁ……！　アルムさんっ……ん、あぁっ！」

彼女は嬌声をあげながら、思うままに腰を動かしていく。

不慣れながらも一生懸命な様子もまた、俺を興奮させるのだ。

「あぁ、これですっ！　すごく気持ちよくて、頭が真っ白になりますっ！」

寝室にマティの嬌声が響く。

彼女は俺の胸に手を置きながら、リズムよく腰を動かしていった。

パンパンと、俺の腰と彼女のお尻がぶつかる音が聞こえる。

その度に膣内の奥まで肉棒が飲み込まれていった。

ギュウギュウと締めつけつつ、とろけるような柔らかさもあって、たまらない。

「あぁ、マティ……」

見上げれば彼女の魅力的な肢体がある。

綺麗な黒髪と大きな胸が腰を振る度に揺れていた。

特に巨乳の頂《いただき》にある乳首ははっきりと分かるほど硬くなっている。

普段は礼儀正しい彼女の大胆な姿に興奮が高まった。

「くっ！」

「あひぅ!?　やっ、また中で大きくなってます！　こんなの、我慢できなくなってしまいますっ！」

マティの嬌声が一段と甲高くなった。

加えて腰の動きも激しくなる。

「ううっ……こんなこと、はしたないのに止まらないんですっ！」

羞恥心を抱きながらも、昂ぶった性欲には逆らえないようだ。

そんな彼女の姿を見て、俺はさらに乱れさせたくなってしまう。

大人げないと分かっていても、もっと彼女を感じさせたいというのが素直な気持ちだった。

「今のマティ、すごくエロいよ。ああ、俺も興奮する！」

「アルムさんっ……あぁ！　やっ、そんな、あぅぅぅぅっ！」

彼女の動きに合わせて腰を動かす。

あくまでマティが主導だから、突き上げるようなことはしない。

けれど、より深くまで挿入できる位置で待ち構えると、肉棒の先端が子宮口を押し上げた。

「い、一番奥っ！　赤ちゃんの部屋、突かれちゃってますっ！　ひゃうっ！」

「くぅぅっ！　搾り取られそうだっ！」

子宮口を突きあげた刺激で膣内が締まる。

その締めつけの動きも不規則になって、互いに限界が近づいているようだ。

「はぁっ、はぁっ、はぅぅっ！　このままじゃイっちゃいますっ！　わたしのほうがっ！」

「大丈夫だ、俺もいっしょにイクぞ！」

マティにこれほど奉仕されて感じないわけがない。

無様な姿を晒さないように耐えていても、限界は近かった。

そして、一度絶頂を意識してしまうとあっという間にやってくる。

「あああぁぁっ！　イクッ！　イキますっ！」

俺の体に置かれた手に力が籠められた。

僅かに爪が立てられて痛みが走るけれど、次の瞬間には気にならなくなっている。

「くぅっ！　マティィッ！」

「アルムさんっ！　あぅ！　ひゃ、あああぁぁあぁっ!!　ダメッ、あううううぅぅっ!!」

マティが絶頂し、ビクンビクンと体が震える。

同時に膣内が収縮して、俺も搾り取られるように射精した。

「くぅ、あぁぁっ！」

体の中のものが全部溶けだしてしまうような快感。

マティも同じくらいの気持ちよさを味わっているに違いない。

「ひぃ、ううっ！　らめっ、こんなのぉ……あぅっ！」

ビクビクと肩を震わせながら脱力して倒れるマティ。

俺は彼女の腕を捕まえると引き寄せ、そのまま胸に抱く。

興奮で火照った体が重なって気持ちいい。

「はぁ、はぅ……アルムさん、このまま抱いていてください……」

「マティが望む限り、傍にいるさ」

そう言うと、彼女は安心したように気を失ってしまう。

穏やかな呼吸をしながら、俺の胸に顔を埋めているマティ。

彼女の髪を撫でながら、俺はしばしの間、ゆったりとした心地よさを味わうのだった。

「なにぃ!?　マティ、いま何と言った!?」

「ですから、わたしはこれからアルムさんといっしょに、自由都市ディードへ行って冒険者となります」

俺の出発の日の朝、マティは伯爵相手に爆弾を投げつけた。

話を聞いたのは数日前だけれど、今日まで黙っていてほしいと言われたんだ。

早めに伝えてしまったら、伯爵は絶対に阻止するだろうというのがマティの予想だった。

そして、その予想は当たっている。

「そんなことは許さないぞ」

「でも、わたしはアルムさんについて行きたいんです。魔法も使えますし、足手まといにはなりません」

むしろ単純な攻撃力では、俺の能力のほうが低いだろう。

俺は付与魔術によって様々なアイテムを作れるけれど、素の能力は一般人だ。

魔法による戦闘力ではマティに及ばない。

むろん、事前に色々と準備出来れば負けない自信はあるけれど。

「魔法を覚えさせたのは、冒険者にするためではない！」

「でも、単に才能があったからというだけで、学校まで通わせてくれた訳ではないですよね？」

「むっ……それはそうだが」

書斎の机を挟んで、向かい合うふたり。

初日では伯爵の隣に座っていたマティだけれど、今日は俺の隣に座っていた。

「いつまでもお父様に甘えている訳にはいきません。わたしも、町の子ならば店や工房へ奉公に出ていてもおかしくない年齢です」

「しかし、お前は私の……伯爵家の娘だぞ」

「確かにわたしはお父様の娘です。けれど、フィラフト伯爵家の娘である必要はあまりないと思います。お父様に通わせていただいた魔法学校で、魔術師としては一人前になれたと思います」

「そんなことを言うとは……」

伯爵が苦々しい表情をしている。

「分かっているはずです。このままわたしが家にいても、家中の不和の元にしかなりません。半分とはいえ、平民の血が混じっているのですから」

どうやら貴族の階級意識というのは、相当根強いようだな。

家によって多少は違うかもしれないが、伯爵家という上級貴族ともなれば、その意識は相応に強いのだろう。

聞いてはいたけれど、父親以外とは埋められない溝があるのが、このやり取りではっきりした。

「お父様も、いずれはわたしが家を出なければならない可能性を、考えていたのではないですか？」

「ふむ……」

「流石に、まだひとりで生きていけるような自信はありません。でも、アルムさんといっしょならやっていけると思うんです」

ハッキリした言葉でそう伝えるマティ。すると、伯爵は一つため息を吐いた。

「そうか、意志は固いようだな」

そして自分を納得させるようにうなずくと俺を見る。

「アルム殿。急なお願いになって申し訳ないが、どうか娘の面倒をみてやってはもらえないか？」

「はい。全力を尽くします」

「うん、頼んだぞ。ふたりの行く先に幸運があるよう祈っている。あと、たまには手紙も出すんだぞ」

「もちろんです。わたしもお父様のことが心配ですから」

「ふふ、言ってくれるな」

こうして、俺はマティといっしょに自由都市ディードへ向かうことになった。

道中は、伯爵が手配してくれた馬車のおかげで楽だった。

服や靴、それにバッグなんかも、見た目は質素だけれど上等な品物に代わっている。全部伯爵が用意してくれたもので、それを身に着けていた。

都市に入る少し前に馬車を降りて、送ってくれた御者さんにお礼を言い、後は歩いていく。

貴族の馬車に乗ってきた旅人なんて、悪目立ちしてしまうからだ。それこそ盗賊にでも狙われかねない。

それから一時間ほど歩いて、自由都市ディードへと到着した。

「これが自由都市……大きいですね」

「立派な壁に囲まれているな。山賊どころか、手練れの魔法使いや攻城兵器を用意した軍隊でもないと、これは攻め落とせないだろう」

自由都市ディードは、高い城壁に囲まれた大きな街だった。

面積で言えば、少し前まで滞在していた町の三倍はあるだろう。

人口についてはもっと多いはず。

この辺りで一番の都市というのは、間違いではなさそうだ。

門も立派であり、衛兵がしっかりと検問していた。

けれど、俺たちは疑われることなく楽に通りぬける。

伯爵が用意してくれた身分証のおかげだ。

「まさか、伯爵家の家紋入りの証明書を用意してくれるとは思わなかったよ」

俺の手の中にある一枚のメダル。

これが、この世界での身分証明書のようだった。

表には俺の名前と、保証人として伯爵の名前が刻まれている。

そして、裏には伯爵家の家紋が彫られていた。

これを見せただけで衛兵が驚き、少しダルそうだった態度が引き締まったほどだ。

この自由都市においても、伯爵の名前がかなりの効力を発揮すると実感した。

貴族が統治していない都市だとはいっても、周辺貴族の影響は受けるようだ。

それから衛兵に、冒険者ギルドの場所を教えてもらってさっそく向かう。

宿とかを取るのは、その後だ。

「ここが冒険者ギルドですね」

「ああ。思ったより立派で綺麗だな」

レンガ造りの大きな建物で、立派な看板もかけられていて風格がある。

中に入ると、ホールが椅子とテーブルのある待合室のようになっており、その奥に受付があった。

パッと見ただけでも、すでに五十人ほどがたむろしている。

今はちょうど昼前だから、多くの冒険者はまだ仕事中のはず。

なのにこれだけの数がいるとなると、朝や夕方はかなりにぎわいそうだ。

それはともかく、まずは冒険者として登録することに。

受付では名前や出身地など、いくつかの質問をされ、それを受付嬢さんが登録証に書き込んでいく。慣れた手つきだけれど、職業欄のところで手が止まった。

「アルムさんは付与魔術士なんですか？　珍しいですね」

「ええ、まあ。故郷では付与魔術士が多かったもので」

適当に言って誤魔化す。

伯爵からも言われた通り、ここでは付与魔術の話をあまりしないほうが良さそうだ。冒険者向きの職業じゃないけど、ある程度の信用を得られると良いが……。まあ、そう簡単にもらえるものじゃないだろうな。

そんなことを考えていると、奥から白髪の老人が出てくる。

「サリー、調子はどうだね？」

「あ、ギルド長！　今日は盛況ですよ、今も新人さんの登録をしているところです」

「ほう、どれどれ……」

どうやらこの老人が、この冒険者ギルドの長らしい。

彼は俺の登録書を見ると、気になるところがあったのか片方の眉を上げた。

「ほう、付与魔術士とは珍しい」

顔を上げると俺のほうを見つめてくる。

「ギルドに来て付与魔術士を名乗ったということは、それなりの術を使えるのかね？」

「そうですね、一通りは。もっとも、田舎で伝わっていた魔法なので、こちらのものと流儀が違うかもしれませんが」

「なるほど。自信はあるようだね」

そんな会話をしていると、それを聞いていたのか周りの冒険者たちが話し始める。

「聞いたか？　あいつ付与魔術士みたいだぜ」

「えらく手間がかかるくせに、付与できる能力は大したことがないってのが付与魔術士だろう？　大丈夫かよ」

「なに、ダメだったら野垂れ死ぬだけさ。けど、連れの魔術師のお嬢さんは惜しいよな」

「違いない。若いのになかなか魔力が強いし、なにより可愛い！」

「うちのパーティーに来てほしいくらいだぜ」

「いや、どうせ来るならうちだろう！」

わざとではないけれど、彼等に話題を提供することになってしまったらしい。

しかも、何人かはマティに目をつけているようだ。

「アルムさん……」

「大丈夫だよ」

彼女はそっと俺の近くへ寄ってくる。

流石に昼間からギルド内で面倒事を起こすことはないと思うけれど、念のためだ。

まだここの治安も、よく分っていないし。

まあ、受付嬢が普通のお姉さんなので、それほどひどい環境じゃないと思うけれど。

頻繁に乱闘が起こるようなら、もっと屈強な男性が受付をしているはずだ。

そんなことを考えていると、ギルドマスターが声をかけてくる。

「アルム君さえよければ、これから裏の練習場へ来ないか？　少し魔法を見せてもらいたい。付与魔術士が冒険者になるのは珍しいから、能力を見て、どのような仕事を割り振ればよいか考えたいのだよ」

「アルムさんの魔法を？　でも、それは……」

マティが俺を見る。

俺の付与魔術を軽々しく見せていいか、心配しているようだ。

確かに伯爵からも警戒するようにと言われていた。

「大丈夫だよマティ。彼はギルド長みたいだし、変なことにはならないよ」

仮にも冒険者をまとめる組織の長だ。

所属する冒険者に不利益なことはしないだろう。

万が一のことがあっても、この街から逃げてしまえばいい。

ここで冒険者をすることに、こだわる必要はないんだから。

それに、冒険者活動をしていれば、嫌でも付与魔魔法が人目に触れる。

完全に隠蔽することは出来ない。

「分かりました。ただ、流石に人目の多いところでは遠慮させてもらいます」

「ああ、分かっているとも。人払いは十分にする。能力を見極めるために、信頼できる人間は置かせてもらうがね」

こうして俺は、ギルド長へ付与魔術を披露することになった。

移動する途中でマティと相談しつつ、見せるものを決める。

到着した先はギルドの裏にある練習場だった。

サッカーコート半面分ほどだろうか。町中にあることを考えればなかなか広い。

これだけの土地を使えるほど、冒険者ギルドの力があるということだろう。

周りが壁で囲われていて、これなら人目を気にせず魔法を使えそうだ。

「どんな魔法を見せてくれるのかね？」

ギルド長が問いかけてくる。彼の近くには職員らしき男女が数人いた。

「では、まずは簡単に『照明』の魔法でも」

俺は辺りを見渡して落ちている木の枝を見つけると、拾い上げて照明の魔法を付与する。

付与した能力を使用すると、木の枝がＬＥＤ電球のように輝いた。

「おぉ、これはたしかに付与魔術だ。しかも、ここまで強い光の魔法を簡単に付与できるとは……なかなかの熟練者らしいな」

「お褒めにあずかり光栄です。まあ、逆に言えばこれしかできないんですが」

そう言いつつ、今度は懐から数珠のようなブレスレットを取り出す。

丸く削った木の玉をいくつも連ねて、ヒモを通したものだ。

右手首に着けると、ギルド長が不思議そうな目をする。

「それにも魔法が付与してあるのか？」

「ええ、この玉一つ一つに『火球』の魔法が込められています」

そう言うと実際に、右手を演習場の中央へ向け発動させる。

すると右手の先に火球が現れて、手を向けた方向へと飛んでいった。

火球は広場の中央に着弾すると小さく爆発し、炎をまき散らしながら消える。

マティによれば、これで一般的な『火球』と同威力のようだ。

「素晴らしい。木の玉が十個以上連なっているから、それだけ連射できるということだな？」

「ええ、使ったらまた、付与しなおさないといけませんけど」

これは実は嘘だ。俺が一度付与した魔法が消えることはない。

一度使用すると少しの間は使えなくなるが、一定の時間が過ぎればまた発動できる。

この数珠は、そのクールタイムを補うために考えたものだ。

これがあれば、絶え間なく『火球』を発射することができる。

「それほど小さなものに魔法を込めるには、準備に相応の時間はかかるだろうが、瞬間火力は普通の魔術師を大きく上回る。なるほど、上級の付与魔術士は我々が考えているよりずっと強力な存在のようだ」

ギルド長が感心したようにうなずいている。

一般的な付与魔術士は、攻撃魔法を付与するときには杖などを媒体に使うそうだ。

大きく安定した存在であるほど、魔法を付与しやすいらしい。

俺が今見せたように、数珠ほどの大きさの玉に魔法を付与するのはかなり苦労するのかもしれない。普段から俺は小石とかを使っていたけれど、大っぴらに見せないほうが良いかもしれないな。

「うむ、これだけの力があれば冒険者としてクエストを受けても問題ないだろう。どうだね、さっそくなにか一つでも受けてみないか？」

「ギルド長のお墨付きがあるのでしたら」

こうして俺とマティは、冒険者として初めてクエストを受けることに。

クエスト内容は、街道沿いに出現しているというゴブリンの討伐だ。

可能ならば巣まで探って、群れごと全滅させてほしいらしい。

ギルドと提携するオススメの宿屋をとってもらい支度を整えると、午後一番で出発することに。

「ゴブリンか……マティは見たことあるかい？」

「はい、遠目に何度か。そのときは護衛がすぐ倒してくれたので、わたしが手を出すことはありませんでしたが」

この世界には、地球には存在しなかったモンスターがいる。

ゴブリンはその中でも人間に身近な存在で、それゆえに厄介な相手らしい。

大きさは一メートルほどの人型をしており、緑色の肌と、額の短い角が特徴だ。

強さはまあ、農具を持った成人男性なら問題なく倒せるレベル。

それでも厄介なのは、ある程度の知能を持ち、強力な繁殖力で群れを作ることだ。

一対一ならば雑魚でも、複数体に囲まれてしまえば、武器を持った大の男でも危険らしい。

小規模な村が百匹近いゴブリンに群れに襲われて、全滅することもたまにあるようだ。

見かけたら群れが小さいうちに全滅させるしかない。

ゴブリンの間引きや巣の破壊は、初心者から中堅の冒険者までが幅広く受ける依頼のようだ。

日帰りの予定なので最低限の荷物だけを持ち、身軽にする。

ギルド公認の宿屋は預かりものなどもしっかりしてくれて、なおかつ冒険者は割安で利用できるので人気があるようだ。

実質的には、冒険者たちの寮みたいな扱いをされているのかもしれない。

この宿屋を出て自分の拠点を持つのが、上級冒険者へのステップアップの一つと言われているらしい。宿屋の女将さんに自分たちが初心者だと伝えると、いろいろ教えてくれた。

「アルムさん、そろそろ目撃情報があった場所のようです」

「分かった、警戒しよう」

自由都市ディードを出てしばらく歩くと、ゴブリンの目撃情報があった街道に到着する。

主要な街道から少し離れているからか、あまり人通りはない。

道の片側には森が広がっていて、モンスターが街道を歩く人間を襲うには都合が良さそうだ。

「ゴブリンは森の中かな？」

「おそらくそうだと思います。目撃者の証言では森の中を移動するゴブリンの姿を見たそうです」

「なら確定だな。よし、アイテムを使ってみよう」

背負ったバッグから、L字に曲がった木の棒を二本取り出す。

「それは何の魔法を付与しているのですか？」

「『探索』だよ。探したいものがある方向を知ることが出来るんだ。対象が複数個所にあったり、長距離になると難しいけどね」

両手でL字の短いほうを持つ。

ダウジングしているような恰好だ。

探し物をゴブリンと指定すると、さっそく反応があった。

「やっぱり森のほうを向いている。入ってみよう」

「分かりました。しっかりついて行きますね」

迷わないよう印を付けつつ、なるべく広い場所を選んで動く。

十分ほど歩いていると、前方から声が聞こえてきた。

「ギャーギャーとうるさい声が聞こえる。ゴブリンかな？」

「ゴブリンですね。声は聞いたことがありますから、間違いありません」

「よし、様子をうかがおう」

探索アイテムをしまって声がしたほうを覗く。すると、前方に開けた場所が見えた。

「いたな、ゴブリンの群れだ」

「ここでキャンプをしているんですね」

ゴブリンたちは、木の棒やどこからか奪ってきたのだろう布でテントを作っていた。

ゴブリンといえば洞窟に住んでいるイメージだったけれど、ここでは違うのか。

こんなキャンプを作れるとは、思ったより知能がありそうだ。

警戒レベルを引き上げることにする。

「見たところ、二十匹くらいはいるみたいだな」

そのうち半分以上が武器を持っている。

残りは素手だけれど、テントの一つに武器が重ねて置かれているのが見えた。

いざとなればあれを使って戦うのだろう。

「アルムさん、まずはテントを全て確認しませんか？　ゴブリンは人をさらうという話も聞きます。今のところ、周辺でそのような被害届は出ていないようですが……」

「そうしよう。知らないで戦いに巻き込んでしまったら危ない」

慎重に偵察を続けたところ、このキャンプにゴブリン以外の生き物はいないようだ。

ただ、旅人や商人を襲って手に入れたと思われる品物をいくつか見つけた。

すでに人を襲っているのは明らかだ。

「次の被害が出る前に倒そう。マティの準備はどうだ？」

「大丈夫です！　いつでも魔法を使えます」

作戦はこうだ。

まず初めにマティの魔法で火を放ち、テントを燃やす。

ゴブリンたちが混乱しはじめたところで俺が仕留める。

奪われた商品も燃えてしまうかもしれないけれど仕方ない。

マティが一番得意な魔法は火属性のようだから。

魔法の火はマティがある程度コントロールできるので、森林火災になる危険は少ない。

「火の精霊よ、力をお貸しください。『火球』！」

火の玉が高速で飛んでいき、テントに直撃する。

魔法の火は瞬く間に燃え移ってテントを炎上させた。

マティは続けて魔法を放ち、複数のテントへ火を放つ。

突然テントが炎上してゴブリンたちが飛び出してくる。かなり混乱しているようだ。

武器を持っている奴等も右往左往していて、魔法を放ったマティの存在には気づいていない。

「よし、ここからは俺の仕事だな」

「気を付けてください」

俺は左手に『火球』の数珠と似たブレスレットを着ける。

そして、右手には『衝撃波』の魔法を付与した杖を持った。

ゴブリンが近づいてきたときにはこれで吹き飛ばす。

「さあ、やるぞ！」

俺は手近なゴブリンに向け左手を向け、ブレスレットに付与した能力を発動。

同じように連結させた木の玉それぞれに、今回は『雷の矢』の魔法が付与されている。

電撃が放たれゴブリンの体を貫く。

攻撃を受けたゴブリンはその場で倒れ伏した。

ピクリとも動かない様子を見て、俺はこの魔法でゴブリンを倒せると確信する。

「よし、後は殲滅だ！」

次々と『雷の矢』を放ってゴブリンを倒す。混乱から立ち直ったゴブリンが何匹か武器を持って襲い掛かってくるけれど、近づく前に全て倒す。

逃げようとした奴もいたようだけれど、それは後衛のマティが『火球』で仕留めてくれた。

特に反撃されることもなく、五分程度ですべてのゴブリンを倒しきる。

黒焦げになった死体を数えると、ちゃんと攻撃前と同じだけ揃っていた。

ゴブリンのキャンプ場はこれで全滅だ。

「アルムさん、お見事でした！」

「マティの援護のおかげだよ。ひとりだったら何匹か逃がしてた」

「ありがとうございます。でも、これでクエスト完了ですね」

「ああ、そうだな。思ったより順調に終わって安心したよ」

初めてのモンスター討伐ということで、不安もあった。

けれど、ここまで上手くいってかなり自信がついた気がする。

この分なら、これからの冒険者生活も上手くやっていけると思う。

「マティ、ギルドに戻って報告しようか」

「はい！」

俺たちは荷物と、討伐証拠のゴブリンの角を採集して町へと帰る。

こうして、俺とマティは冒険者生活の第一歩を踏み出したのだった。


自由都市ディードに来てから早くも一ヶ月が経った。

俺とマティは変わらず冒険者として活動している。

最初にゴブリンの討伐を成功させてから、同じような小規模のクエストを受けていった。

ゴブリンやオークの討伐。そして隊商の護衛なども行う。

マティとのコンビは息も合っていて、様々なクエストをクリアしていくことができた。

おかげでギルド内でも俺たちのことが少し話題になっているくらいだ。

付与魔術士と魔術師の組み合わせというのは、かなり珍しいだろうからな。

問題があるとすれば、パーティーがふたりしかいないことだ。

それなりの力があってチームワークが良くても、魔術師ふたりでは出来ることが限られる。

前衛がいないというのはもちろん、大きな問題だ。

そのため俺たちが受けるクエストは、前衛がいなくてもなんとかやっていけそうなものばかりだった。ゴブリンやオークなら、遠距離から魔法を打ち込めば終わる。

隊商の護衛の場合、他にもいくつかのパーティーがクエストを受けているから、彼らに前衛をお願い出来る。

しかし、より強いモンスターを相手にしたりする場合は、自分たちにも頼れる前衛が必須だ。

強力なモンスターは体力も豊富なので、魔法で倒す前に接近されてしまう。

それは俺たちも分かっていたし、ギルドにいる冒険者もそうだ。

時間が経って俺たちがそれなりに活躍しはじめると、いっしょにパーティーを組まないかと誘われることが増えた。

たいていが戦士主体のパーティーで、俺たちとは逆に後衛が不足している。

そこに俺たちが参加すれば、互いの利益になる訳だ。

しかし、俺はそういった誘いを全て断っていた。

理由はもちろん、俺の能力だ。

俺が普通の付与魔術士と違うということがバレてしまうと問題になりかねない。

欲深い人間に知られてしまえば、厄介ごとに巻き込まれることとなる。

だから、俺が求めるのは単独で活動している戦士や剣士だ。

ひとりなら、俺たちのパーティーに取り込むという形で戦力を増強できる。

そうなれば情報漏洩の可能性も減るだろう。

この点では、俺とマティの考えが一致していた。

「よおアルム。今日もふたりでクエストか？」

ギルドに来ると、顔なじみになった冒険者仲間から声をかけられる。

「ああ、そのつもりだ」

「いいかげん俺たちのパーティーに入らないか？　こっちには神官もいるから回復もバッチリだし、魔術師が加わってくれれば完璧なんだ！」

彼のパーティーは戦士二人に、神官と盗賊が一人ずつ。

ここに魔術師が加われば確かに強力だ。

単純にクエストを安全にこなすことを考えれば、正論と言える。

「悪いけど今日も遠慮させてもらう。あまり大人数のパーティーにするつもりはないんだ。いつも誘ってくれてありがとう」

けれど、俺の能力がバレてしまう可能性を考えれば、その提案は受けられない。

恨まれてしまわないよう丁寧に断るのが精いっぱいだ。

すでにいくつもの誘いを断っているから、根に持たれてしまっているかもしれないけれど。

「マティ、今日は良さそうなクエストがあった？」

「オークの目撃情報があります。緊急性は低いので報酬はそれなりですが、これはいかがでしょうか？」

「ああ、それが良いと思う」

依頼を選んで、受付で受諾しようとする。

そのとき、奥の部屋からギルド長が現れた。

ギルド長はクエストボードのところへ向かうと新しいクエストを一枚貼り付ける。

「近々深淵の森での大規模討伐クエストが行われる！　腕に自信のあるパーティーは是非参加してほしい！」

その言葉を聞いて、いくつかのパーティーがクエストボードに向かう。

「大規模討伐クエストですか、初めて聞きますね」

「ああ、ちょっと行ってみよう」

興味が湧いた俺たちはクエストボードのほうへ向かう。

そこで、近くにいたギルド長と目が合った。

「おお、アルム君たちではないか。活躍しているようだな」

「ギルド長が最初に実力を認めてくれたおかげです」

これは事実だ。

最初の試験でギルド長のお墨付きが貰えたので、初回からモンスターの討伐クエストを選んでも受理してくれた。

それに、付与魔術士というマイナーな職業でも周りの冒険者からナメられることはほとんどない。

それだけ冒険者たちの中で、ギルド長の地位は高いんだろう。

聞いたところによると彼も昔は冒険者で、様々な活躍をしたんだとか。

「それで、大規模討伐クエストというのは何なのでしょうか？　初めて聞いたので、教えていただけると嬉しいのですが」

「うむ。これは複数の冒険者パーティーが、深淵の森という場所で、湧き出てくるモンスターを協力して倒すというクエストだ」

「深淵の森ですか？　聞いたことがありませんね」

この街で一ヶ月ほど過ごしているけれど、初めて聞く名前だ。

「わたしは聞いたことがあります！」

マティが手を上げてそう言う。

「たしか、この都市の南東にある深い森ですよね。一定周期でモンスターがあふれ出てくるとか」

「その通り。どういう理屈か分からないが、深淵の森からは様々なモンスターが湧いて出てくる。放っておいたら散らばってしまうので、待ち構えて一気に潰してしまおうという考えだ。幸い、前兆が読み取れるから準備する時間はある」

「なるほど、湧き潰しですね」

確かに厄介かもしれないけれど、出てくる場所が分かるなら待ち伏せが可能だ。

ギルドの上級冒険者も慌てていないし、いつものことなのだろう。

「湧き出てくるモンスターが不確定なので、参加ランクは設けていない。保険として、いつも優秀な中級パーティーの一つに出てもらっているがな」

「つまり考えようによっては、強敵を倒して名声とランクを得るチャンスってことですね」

冒険者ギルドのランクは大きく四つに分けられる。

まずは最下級のクエストしか受けられないDランク。初心者のランクだ。

次は、討伐、輸送、採集などの冒険者として一通りの仕事ができるようになるCランク。

Cランクも下級のランクで、俺たちも属している。

その上が、やっと強力な討伐依頼などに挑戦できるようになるBランク。

中級ランクであり、優秀な冒険者でもこのランク止まりなことは多い。

最後に、ドラゴンや巨人の討伐、ダンジョンボスの攻略などといった、地域全体や国規模での依頼を受けるのがAランクだ。

冒険者の最高峰で、この国全体で見ても二十人ほどしかない。

基本的には、依頼を受けてその成績でランクが上下したりするが、例外はある。

明らかに上位ランクのモンスターを倒したり、難解な事件を解決したパーティーには特典のポイントがつくそうだ。それが、本来より早いランク上昇につながるらしい。

「挑むのは自由だが、無理だと思ったらBランクパーティーに助けを求めるのが良いぞ。命あっての物種《ものだね》だからな」

「おっしゃる通りですね。気を付けます」

「うむ。それと、大規模クエストには他の街からも冒険者が参加するから、新しいパーティーメンバーを探すのにも向いているな。アルム君のところは、まだふたりきりだろう?」

とはいえ、ランク上昇のチャンスなのは間違いない。

ふたりきりのパーティーでなかなか高難易度のクエストに挑戦できない俺たちとしては、逃したくないものだった。

それからよく検討し、俺とマティは大規模討伐に参加することにした。

翌日になると、他の冒険者たちといっしょに深淵の森へ向かった。

自由都市ディードからは、俺たちのほかに八つのパーティーが参加しているようだ。

その内一つが、ギルド長の言っていた保険役のBランクパーティーだ。

なんでも、Aランクに最も近いと言われている人たちらしい。

他にもいくつか中級パーティーが参加しているけれど、彼らと比べると一枚劣るのがパッと見ただけでも分かる。

Bランクになると、同じランク内でもけっこう力の差があるようだ。

森に到着すると、すでに他の都市の冒険者は待機していた。

他の都市からは、Bランクパーティーが一つと、Cランクパーティーが三つらしい。

そして、ソロで活動している冒険者がひとり。

「あたしはクルース、Bランク冒険者よ。まあ、よろしく」

クエストを開始する前の顔合わせ。そこで唯一のソロ冒険者である彼女はそう名乗った。

クルースは、綺麗な金髪をツインテールにまとめているのが印象的な剣士だ。

赤いドレスのような衣装を身にまとい、優美な長剣を腰に下げている。

マティに負けないくらい美少女で、貴族のパーティーにいてもおかしくないほどだが……。

目つきが鋭くて、それだけでも彼女が生粋の剣士だと分かる。

鎧を身にまとっていないのは、敵の攻撃に当たらない自信があるからだろうか。

周りの冒険者たちは彼女の実力に半信半疑のようだ。

そもそも、ソロでBランクまで上り詰めているというのが眉唾物だ。

俺とマティのふたりがかりですら、まだまだ時間がかかりそうなのだから。

「おいお嬢ちゃん、あんた本当にBランクなのか？」

我慢できなくなったのか、ひとりの冒険者が声をかける。

すると、クルースがジロリと彼を睨んだ。

「そうよ。なにか問題あるの？」

「い、いや……だがな、ソロでBランクなんて俺は今まで聞いたことがねえ」

一瞬たじろいだ男だけれど、持ち直してそう言う。

「仮にもこれからいっしょに戦う仲間なんだから、そこらへんは確認しておきたいだろう？」

「ふん……まあ、一理あるわね」

「分かってくれりゃいいんだ。で、どうやってBランクに？　ドラゴンでも倒したのか？」

軽く冗談を言うように問いかける冒険者。クルースはそれを聞いて軽く笑って見せた。

「惜しいわね。倒したのはワイバーンよ」

「……はっ？　マジか？」

呆けたような表情になる冒険者。周りもザワザワとうるさくなる。

「じょ、冗談じゃねえ！　ソロでワイバーンが倒せるもんか！」

「本当よ。目撃者もいるもの。まあ、若い個体みたいだったから、比較的倒しやすかっただけよ」

何でもないように言うけれど、それでも信じられない。

冒険者となってから、モンスターについてはいろいろ勉強している。

ワイバーンは亜竜とも言われているモンスターだ。本物のドラゴンには劣るものの、中級モンスターの中ではかなり上位の力を持っている。

十分に経験を積んだ優秀なBランクパーティーが相手をするレベルだ。

それを、若い個体とはいえソロで倒したなどと言われても、信じられないだろう。

「驚くのは分かるが、彼女の能力については同じギルドから来た俺たちが保証する」

そう言ったのは現地で合流したBランクパーティーだ。

いまだに信じられない顔をしている冒険者は多いものの、とりあえず納得したということにしたようだ。

「……ふん、なんとでも思うがいいわ」

クルースはそう言うと近くの木陰に隠れてしまう。

どうやらあまり人付き合いは好きじゃないみたいだ。

「マティ、彼女のことはどう思う？」

「なかなか気難しそうな方ですね。でも、只者ではない気配がしました。仲間になってもらえれば心強いと思います」

「俺も同意見だよ。クエスト中は彼女の近くへ行ってみよう」

強力な剣士でソロ活動をしている。俺たちが新しい仲間として求めている要素がピッタリだ。

けれど、さっき見た通り群れるのは嫌いという雰囲気がある。

話しかけるときは、慎重にしたほうがいいかもしれない。

そう考えていると、そろそろ森へ入る時間だ。

ギルドは何度も湧き潰しをしているから、モンスターの出現位置はだいたい把握している。

冒険者たちはそこを包囲するように配置された。

俺たちとクルースは、ともに少人数だということで隣同士に配置されている。

ちょうどいいから、いっしょに協力して戦えということだろう。

俺たちとしては好都合だ。

とりあえず声をかけてみることにする。

「どうも、こんにちは。俺は付与魔術士のアルム。こっちは魔術師のマティ」

「マティといいます。お隣ですね、よろしくお願いします」

すると、彼女もこっちに視線を向ける。

「さっき自己紹介したとおりよ。言っておくけれど、あたしのほうはひとりで十分だから」

「あはは、参ったな……」

突き放されてしまった。つけ入るスキがない。

とはいえ、あまりクルースにばかり構ってもいられない。そろそろモンスターが出てくるころだ。

「来たぞー！　先鋒のフォレストウルフだ！」

遠くに展開した冒険者パーティーから声が上がった。

ほどなくして戦闘音が聞こえ始め、こっちにもモンスターが近づいてくる気配がする。

俺は、両腕に装着した魔法のブレスレットを確認する。

そして、右手には短剣を握った。いつまでも木の棒に魔法を付与したものじゃ格好がつかないということで、マティに勧められて買ったものだ。

剣については素人の俺でも扱いやすいサイズで、気に入っている。

もちろんこれにも魔法を付与してあった。

「わたしは準備できています。いつでも大丈夫です」

隣にいるマティも杖を構えている。

前方から唸り声と共に濃い緑色をした狼の群れが突進してきた。

「やるぞマティ！」

「はい！」

そして、ついに戦闘が開始されるのだった。


湧き潰しの開始から一時間ほどが経過していた。

戦闘については順調だ。

展開した冒険者パーティーは各々の正面の敵と戦いつつ、余裕があれば隣のパーティーを支援している。ベテランパーティーと経験の浅いパーティーを交互に配置したことで、援護は上手くいっているようだ。

「『炎槍』！」

マティの杖から炎の槍が放たれて、オークを一撃で倒す。

俺も負けじと『雷の矢』を連続で見舞ってオークを二体倒した。

「順調ですね」

「そうだな。でも、見通しが悪いから油断はできない」

森という名前がついているだけあって、木が鬱蒼と茂っている。

ジャングルというほどではないけれど、百メートル先を見通すのも苦労するほどだ。

こういう戦場では魔術師は不利になる。

遠距離から一方的に攻撃できないからだ。

体格の小さいゴブリンは木の陰に隠れるし、フォレストウルフは体毛が木の葉に紛れて見つけにくい。

それでも、俺たちは用意しておいたアイテムのおかげでなんとかなっていた。

「アルムさんのアイテムはすごいですね！　モンスターの動きが手に取るように分かります」

「クエストを受けてから大急ぎで作った甲斐があったよ」

俺が用意したのは生物の熱源を探知する魔法が込められた指輪だ。

これを装備しておけば、体温がある生物なら存在を知ることが出来る。

ただ、アンデッドなどの死体やゴーレムなどの非生物には効果がないのが弱点だ。

それでも、今回戦う相手にそういった相手はいないという、冒険者ギルドで得た情報からすればこのアイテムで十分だった。

おかげで見通しの悪い森の中でもモンスターを近づけず戦えている。

「お隣の彼女……クルースさんのほうはいかがですか？」

「ああ、順調みたいだ」

今は数十メートルほど左で戦っているクルースを見る。

彼女も戦闘開始からずっと、調子よくモンスターと戦い続けている。

ひとりだけで、しかも魔術師である俺たちとは違い、使っているのは長剣一本だけ。

そう考えるとすさまじい手練れだと言える。

それも殆どは急所を一撃だから、俺では想像できないほどの剣技だ。

「ゴブリンやウルフはもちろん、オークまで一撫でだ。さっきは大剣を持ったオーガを一刀両断にしてたよ」

「それはすごいですね！」

マティも目を見開いて驚いている。

もし彼女がパーティーに入ってくれれば大きな助けとなるだろう。

「彼女が仲間になってくれれば嬉しいけど、なかなか難しそうだね」

「そうですね。わたしたちには前衛がいませんから、クルースさんと仲間になれればとても心強いのですが……」

マティも半分諦めているようだ。

兎にも角にも、彼女の排他的な態度をどうにかしないといけない。

しかし、俺たちにはその方法が分からなかった。

もしチャンスがあれば、それを逃さないようにするだけだ。

「……しかし、いつまでモンスターが湧いて出てくるんでしょうね？」

淡々と魔法を放ちながらマティがつぶやく。

一時間以上戦闘を続けているからか、少し疲れた様子も感じる声だ。

「マティ、少し休んだほうが良いんじゃないか？」

一ヶ月ほど前まで貴族のお嬢様だった彼女に長時間の戦いはキツいだろう。

肉体的な疲労は俺の造ったアイテムで軽減できる。

けれど、精神的な疲労まではそう簡単に回復できない。

「いえ、アルムさんひとりに任せるわけには……」

「俺はまだ大丈夫だよ。ひとりで仕事するのは慣れてるんだ」

転生前はブラック企業で文字通り、死に際まで働かされたからなぁ。

こういったストレスを受けるのには慣れている。

これのおかげで異世界での暮らしや常識にも順応できた部分もあるんだ。

ストレス耐性なんて、取得してもあまり嬉しいものではないけど。

とにかく、彼女にはしばらく休んでいてもらっても問題ない。

今くらいのモンスターの出現が続くなら何とかなる。

「……でも、わたしもアルムさんのパーティーですから！」

そう言うと再び杖を握るマティ。それを見て俺は思わず笑ってしまった。

頭では彼女に休んでもらったほうがいいと分かっていても、いっしょに付き合ってくれるという気持ちが嬉しい。

「よし、分かった。じゃあマティは難しく考えず前方のモンスターへ魔法を放ってくれ。討ち漏らしたやつらは俺が片付ける」

「わかりました！」

攻撃力の高い魔法が使える彼女には、正面の相手に徹してもらう。

それに、正面だけに集中したほうが精神的な負担も少ないはずだ。

一応、俺も同じような攻撃魔法を込めたアイテムを使うことは出来る。

けれど、それは道具を使えるだけで上手く魔法を使えるということではない。

魔法の運用法をちゃんと学んでいるマティのほうが有効に使えるんだ。

あくまで付与魔術士である俺と、ちゃんとした魔術師であるマティの差だな。

「『炎槍』！　『炎槍』！」

マティが魔法を放って二体連続でオークを倒す。

どちらも頭部に命中しているから一撃だった。

流石の攻撃精度と威力だ。俺ではこういった精密な攻撃はできない。

「こっちに回ってくるのはゴブリンだけだな。これなら楽だ」

俺のほうも順調に、回り込んできたモンスターを倒す。

この分ならもうしばらく大丈夫だろう。

そう思っていたそのとき、右隣りのパーティーが悲鳴を上げた。

「う、うわあああっ！」

「ジャック!?　くそ、いつの間にこんなデカブツが出てきたんだ!?　ぐっ、ちくしょう！」

「なんでこいつが深淵の森にいるんだ？　おい、キマイラが出たぞ!!」

どうやら新手のモンスターが出てきたみたいだ。

パーティーが奇襲を受けたようで、前衛の戦士が重傷を負っている。

同じように攻撃を受けたものの、重症までには至らなかった剣士が彼を担いで後退していくのが見える。パーティーメンバーだろう盗賊と神官がそれを援護していた。

「あいつら、今キマイラとか言っていたか？」

不穏な言葉を聞いてマティに声をかける。

彼女も、戦いが始まってから一番緊張しているようだ。

「はい、わたしも聞こえました」

「じゃあ間違いないか」

キマイラというのは聞いたことがある。

ドラゴンの亜種であるワイバーンとも同格と言われる、強力なモンスターだ。

獅子の顔と体を持ち、背中から山羊の頭が生えており、さらに尻尾は大蛇という、複数の動物を合成したようなモンスター。

主となる肉体は元の獅子より三倍ほど大きく、尻尾の大蛇は強力な麻痺毒の牙を持っている。

そして極めつけに、背中に生えている山羊の頭は魔法を使うのだ。

使う魔法は確か『火球』、『幻惑』、そして『回復』。

どれも厄介な魔法で、特に『回復』の魔法がやっかいだという。

決め手に欠けて持久戦になると、せっかく与えたダメージを魔法で癒されてしまうからだ。

だから、キマイラと戦うときはなるべく高い攻撃力を用意して短期決戦を目指すらしい。

けれど、今ここにいるのはCランクパーティーばかりだ。

包囲している冒険者たちの中には、一定間隔でBランクパーティーが混ぜられている。

しかし、この周囲で唯一のBランクパーティーはさっき前衛が負傷して後退してしまった。

つまり、残っているのはCランクパーティーばかりだ。

「切り札の、あの特別なBランクパーティーはどうしたんだ!?　キマイラが出たならこっちに来るはずだ！」

Cランクパーティーのリーダーが、動揺している仲間を落ち着かせながらそう言う。

しかし、それを別のパーティーリーダーが否定した。

「ダメだ、向こうではヘルハウンドの群れが出たらしい！　二十四以上もいて、こっちには手が回りそうにない！」

「ヘルハウンドだって？　キマイラといい、どうしてこんなところに!?」

話を聞いたパーティーリーダーが悲鳴を上げるように言う。

ヘルハウンドも、キマイラに負けずとも劣らない危険なモンスターだ。

でたらめな狙いの剣や矢では傷つかない毛皮と、口から炎を吐く力を持つ。

一匹だけの強さはBランク冒険者ひとりでなんとか倒せる程度だけれど、群れると危険性が倍増するという話を聞いた。

ましてやここは、見通しが悪く障害物の多い森の中だ。

開けた場所で戦うよりもヘルハウンドの危険性は高まっていると言える。

「……俺たちだけでやるしかない。キマイラを倒すしか……」

俺がそう言うと、周りのパーティーリーダーたちは冗談じゃないと拒否する。

「ふざけるな！　こんな怪物、相手に出来るかよ！」

「Cランクの仕事じゃないぜ！」

「でも、敵は待ってくれない！　こっちに来るぞ！」

どうやらキマイラは次の獲物として俺たちを選んだようだ。

巨体からすると意外なほどの俊敏さで木々を避けながらこっちに迫ってくる。

「う、うわぁぁ！　もうダメだぁっ！」

「ひぃぃ！」

キマイラを見るのすら初めての冒険者が多くて腰が抜けてしまっている。

確かにゴブリンやオークとは比べ物にならないプレッシャーだ。

でも、ここで逃げたら冒険者として終わってしまう。

ひとりならともかく、マティは俺を信じていっしょに冒険者をやりたいと言ってくれたんだ。

彼女の期待を裏切るようなことは出来ない。

「俺はやるぞ！」

自分に発破をかけるようにそう言うと、両腕のブレスレットに意識を向ける。

魔法を発動させようとしたそのとき……。

「……ッ！」

目の前を何かが疾風のように駆け抜ける。

「はああああああっ！」

それは猛スピードで突進するクルースだった。

彼女はそのまま剣を構えるとキマイラに切りかかる。

その速さは、魔法による身体強化なしの素のままでは目で追えないだろう。

いくつかのアイテムを併用して身体能力を強化している俺で、なんとか捉えられるくらいか。

驚異的なスピードと言っていい。

「……チッ！　一筋縄じゃいかないわね！」

けれど、キマイラも流石に凶悪と言われるモンスターだった。

クルースの剣筋を、動物的な反射で紙一重でかわす。

あれほどの巨体には、似合わない反応速度だ。

そして、回避と同時に背中の山羊頭から『火球』の魔法が放たれた。

クルースはそれをバックステップで避けたものの、距離を取られてしまう。

続けて山羊頭は『幻惑』の魔法を使ったが、俺たち三人は無事抵抗することが出来た。

精神に作用する魔法は、相手より強い魔力や魔法防御のアイテム、それに強い精神力で防ぐことができる。

俺とマティは普段から身に着けているアイテムで、クルースは持ち前の精神力で耐えたようだ。

むこうも『幻惑』は効果がないと悟ったのか、獅子が身構える。

「さすがワイバーンに匹敵すると言われるだけあるわ」
クルースとキマイラがにらみ合う。
彼女は剣を正眼に構えて、キマイラは四肢に力を入れる。
どちらも次の瞬間には飛び出しそうだ。
そして、合図もなく互いに相手に向かって突進する。
「せいやっ！」
またクルースの剣が振るわれた。
今度は剣がキマイラをとらえる。
右前足を僅かに切り裂くが、傷は浅い。
同時に攻撃してきたキマイラの噛みつきを回避したからだ。
しかも、相手の攻撃は終わらない。
今度は尻尾の大蛇が噛みついてくる。
クルースはこれを剣で防御しながら退いた。
大蛇に噛みつかれれば麻痺毒を食らってしまう。
一噛みで死に至るような毒ではない。
けれど、噛まれた場所は痺れてしばらく動かせなくなってしまう。
クルースのような前衛からすると致命的だ。
獅子以上の体格と身体能力に、山羊の魔法、そして大蛇の毒。

しかもそれぞれが独立しながら連携して動いていて、モンスターのパーティーを相手にしているかのようだ。

クルースの強さは隣で戦って分かっているけれど、単独では不利に見える。

このままじゃ拙い。

「マティ！　クルースを援護したいんだ。手伝ってくれるか？」

隣にいる彼女に声をかける。

キマイラが現れてから反応が鈍いけれど、大丈夫だろうか？

「は、はい。やってみます！」

なんとか返事があった。キマイラのプレッシャーで少し体の動きが硬くなっている。

けれど、一応動けてはいるようだ。

「マティは遠距離から牽制《けんせい》を頼む。俺はもう少し近づいて援護する！」

「アレに近づくなんて危ないですよ!?」

「クルースが前に立ってくれてるから大丈夫だ！」

「危なくなったら必ず下がってくださいね！　『炎槍』！」

後ろからマティの援護射撃が飛ぶ。

キマイラは素早いけれど、図体はかなり大きい。

クルースに集中していることもあって『炎槍』は胴体へ直撃した。

流石のキマイラも直撃は堪えたのか、唸りながら後ろへ下がる。

その隙に俺はクルースへと接近した。

「大丈夫か!?」

「あんたは……隣で戦ってた二人組の片割れね」

彼女もこっちに気づいたみたいだ。

そして、一応顔も覚えていてくれたらしい。

「Bランク冒険者に覚えてもらえてたとは光栄だ」

「魔術師だけなんて珍しいから、嫌でも覚えるわ。それより、今はキマイラよ。ここに来たってことはあたしに協力するつもり?」

「ああ、その通りだ」

彼女は俺と後ろにいるマティを順番に見てから頷く。

「……分かったわ。今この場で立ち向かう気がある冒険者は、あたしたちだけみたいだしね」

さすがにこの状況は拙いと理解しているようだ。

気難しい性格のようだけれど、いっしょに戦ってくれるらしい。

「とりあえずあたしがキマイラの注意を引くから、あなたたちは適当に援護して!」

けれど、積極的に連携するつもりもないようだ。

再び剣を握るとキマイラに立ち向かっていく。

「まさに戦士ですね。魔術師のわたしにはない戦意の高さです」

マティが感心したように言う。

「俺たちは魔術師としての仕事をしよう」

「はい！」

「マティはクルースが戦いやすいよう、周りの小物を片付けてほしいんだ」

「任せてください」

キマイラが出てきてからも、ちらほらとゴブリンやオークが見える。

マティにそれらを片付けてもらって、キマイラに集中するためだ。

そして俺のほうはクルースとキマイラの動きをよく観察する。

相手の動作や仕草から作戦を考えるためだ。

「……改めて見ても凄いな」

キマイラは本来の獅子より数倍大きな体を俊敏に動かしている。

両前足と牙を使ってクルースを捕まえようとしている動きは、まさに獣の狩りだ。

それに加えて、山羊の魔法や大蛇の毒牙が大きな脅威になる。

それらは獅子が動いた隙をカバーするようにしていて、なかなか賢い。

頭が三つあるおかげかもしれないな。

しかし弱点もある。腹部だ。

獅子と山羊は腹のほうを覗けないし、蛇はそれほど目が良くない。

蛇には熱を感知する器官があるけれど、それは対策出来る。

クルースが正面で注意を引きつけてくれている間に、一撃お見舞い出来るかもしれないな。

「よし、やってみるか」

クルースの動きのほうも、だいたい分かってきた。

彼女は鎧を着ていないことに加えて、剣も騎士が使うような長剣だ。

大型のモンスターと力比べをするようなタイプじゃない。

スピードで相手を翻弄して戦う戦闘スタイルだ。

となれば、キマイラの死角のことと合わせて、考えるべき作戦は一つ。

俺は周囲を見渡すと、落ちているドングリのような木の実を見つけた。

それを大量に集めて持っていた布袋に入れると、一つ一つに『爆発』の魔法を込める。

発動のトリガーは一定以上の衝撃だ。

魔法を付与した木の実を持って、戦場に戻る。

「アルムさん、ゴブリンとオークの掃討が終わりました！」

「ありがとうマティ、助かるよ」

これで横槍を入れられる危険は少ない。

安心して正面の敵と戦えるというのは、とても大事だ。

「クルース！」

そして、今もキマイラと近接戦闘している彼女にも声をかける。

「ふっ、はぁっ！　どうしたのよ！」

キマイラのほうへ体を向けたまま、声だけで反応するクルース。

戦闘の邪魔をしないよう手早く要件を伝える。

「キマイラを倒す罠を用意する！　その場所へ誘い込むことは出来るか!?」

俺の問いかけと共に、キマイラが『火球』を放つ。

すると、なんとクルースはそれを剣で切り払った。

「なっ!?」

「魔法を剣で!?」

俺もマティも思わず声を上げてしまう。

そんな反応を感じてか、クルースが初めて笑みを浮かべたのを見た。

「あたしはこれまでも、ほとんどひとりでやってきたのよ。魔法相手でも対応できるのは当たり前でしょう？」

そう得意そうに言いながら、剣をさらに一閃。

キマイラの巨体を陰にして、忍び寄ってきた大蛇を切りつける。

向こうも直前に察知したようで、切断には至らなかったようだ。

けれど、反応するのがあと半秒遅ければ噛みつかれ、毒を受けていただろう。

クルースはずっとこんなヒヤヒヤするやり取りをしていたのかと思うと、肝が冷える。

「さっさと罠を仕掛けてちょうだい！　こっちもいつまでも持たないわ！」

「ああ、分かった！」

俺は一旦クルースから離れて距離をとる。

キマイラに、罠を仕掛けるところを見られないためだ。

あいつは見た目以上に知能が高い。

流石に人間の言葉を理解するほどじゃないけれど、怪しい場所を発見すれば避けて通るだろう。

そのためにも罠を偽装しておかなくては。マティにはその場に残ってクルースを援護してもらう。

といっても、誤射しないよう小規模で扱いやすい魔法だけ使うよう言っておいた。

キマイラをイライラさせられれば、それで充分だ。

「よし、ここだな」

大きな木が二本、並んでいるところを見つけた。

分かりやすい特徴だし、間はキマイラが通るのに十分な広さがある。

俺はそこへ持ってきた木の実を撒くと、その上へ枯葉を撒いてカモフラージュした。

動物的な勘に優れているキマイラでも、枯葉の下にある木の実にまでは気が付かないはずだ。

俺は戦場へ戻るとふたりに声をかけた。

「準備できたぞ！」

「分かったわ」

クルースは頷くと、次にマティへ声をかける。

「お嬢様、あなたは下がってなさい。魔法の腕は良いみたいだけど、キマイラと戦いながら誘導するのは流石に無理でしょう？」

「マティです！　でも、どうしてわたしをお嬢様と？」

「冒険者になるような命知らずに、あなたみたいな行儀の良い人間はそういないのよ」

「そ、そうですか……分かりました、お任せします」

クルースの言葉に距離を感じたのか、マティは少し残念そうな表情をしながら下がる。

「うん。マティ、しばらく離れていてくれ。クルースと俺で大丈夫だ」

「アルムさん、気を付けてくださいね」

俺が頷くと、彼女は素早くこの場から離れていく。

キマイラも追う様子はなく、目の前の俺たちに集中しているようだ。

俺はクルースの隣に並んで問いかける。

「マティには下がれって言ってたけど、俺には言わないんだな」

「あなたは自分から冒険者になったと思うし、それに立派な男でしょう？」

「ははっ、確かに。可愛いらしい年下の女の子を、ひとり置いて逃げられないな」

「なっ……!?」

苦笑いしながらそう言うと、クルースが驚いた顔を見せる。

「そ、そういう意味で言った訳じゃないわ！　せ、生死をかけることのできる、男の顔をしていたってだけよ！」

「ああ、そうか。勘違いしちゃってごめん。でも、少しは信用してもらえるか？」

「まあね。それに、あなたしか罠の位置が分からないじゃない」

確かにそうだった。

俺しか知らないのは、万が一のときに拙《まず》いな。

「ここからしばらく後ろに下がったところに、大きな木が二本立ってる。その間にキマイラを誘導するんだ」

「……それさえ成功すれば、自分がやられても大丈夫って？　冗談じゃないわ、寝覚めが悪い」

「やられないよう努力はするよ」

こうしている間にも、キマイラはこっちに迫ってくる。

「でも……今なら！」

クルースは横にいるから、射線はクリアだ。

俺は両腕を前に突き出すと、ブレスレットの能力を発動させる。

「食らえ！　火と雷のダブルパンチだ！」

ブレスレットに込められた『火球』と『雷の矢』が同時に発動。

こちらに突進してくるキマイラに直撃する。

マティによれば基本的な攻撃魔法だというけれど、俺のブレスレットはこれを連射できる。

両腕のものを合わせた連射力は、ちょっとしたマシンガン並みだ。

これにはキマイラもたまらず、たたらを踏む。

俺はそれでも連射を止めず、やつの体が土煙に覆われた。

「なっ、何よその魔法？　どうしてそんなに連射出来るの!?　しかも二種類の魔法を同時に行使しているなんて！」

けれど、それ以上に隣のクルースが驚いているようだ。

「これは、俺が魔法を発動してるんじゃないよ、付与魔術さ」

「付与魔術って普通、日常生活で使うようなしょぼい魔法を付与するものなんじゃ……」

「なら俺は、普通じゃない付与魔術士ってことになるな」

緊張を絶やさなかったクルースが、呆然とした表情をしている。

こんな顔も出来るんだと知って少し得した気分になった。

「それより、まだキマイラはやる気満々みたいだぞ」

連射を止めて土煙が晴れると、キマイラが姿を現す。

あちこちに傷を負っているみたいだが、まだまだ元気だ。

想像以上のタフさに飽きれてしまう。

「こりゃ、仕掛けた罠も通用するかどうか……」

「今さら悲観的なことを言わないでほしいわね！　それに、動きが鈍ればあたしが仕留められるわ」

「それは頼もしい。よし、やろうか」

幸いなのは、攻撃を受けたキマイラが怒り狂っていること。

これならカモフラージュした罠に問題なくかかってくれるだろう。

しかし、キマイラの怒りはラッキーだけとはいえない。

罠に誘導するまでに、俺が生きていられる可能性が低くなる。

けれど、やるしかない。俺とクルースはいっしょに踵を返して逃げ始めた。

当然、キマイラは雄たけびを上げながら全力で追ってくる。

「追いつかれないよう急いで！」

「分かってるよ！」

少しでも牽制するため、後ろに向かってブラインドショットで魔法を放ちながら逃げる。

そのまま数十秒移動すると、前方に罠をしかけたポイントが見えてきた。

「あそこに仕掛けたのね！」

クルースも気づいたようだ。大きな木が二本並んでいて分かりやすいからな。

「ああそうだ！　あの木の間にキマイラを誘導する。罠があるから、俺たちは通らないようにしながらな！」

幸いキマイラは傷を負ったことで怒っている。

怒りに我を忘れて、警戒する余裕はなさそうだ。

「罠の手前で二手に別れて、向こう側でまた合流するぞ！」

「分かったわ。そっちこそ遅れないでよね！」

ポイントに到着する寸前、俺とクルースはタイミングを計って左右に分かれる。

罠をよけてまた合流すると、キマイラが狙い通り一直線に木の間へ突っ込んだ。

次の瞬間、キマイラの足元で大きな爆発が起こる。

木の実に付与した『爆発』の魔法が発動したんだ。

キマイラは突然足元で巻き起こった爆発に動揺して、体勢を崩す。

そして、倒れたところでもさらに多数の木の実が『爆発』した。

「くっ、すごい威力ね！」

「出来るだけ威力を高めたからな」

とはいえ、木の実に付与できる威力ではキマイラを倒せない。

現に奴は傷を負いながらも立ち上がった。

足と腹部を負傷している。しかし、強靭な牙や危険な毒牙、そして魔法は健在だ。

動きが鈍ったけれど、代わりに背中の山羊が連続で『火球』を放ってくる。

「させるか！」

俺のほうも負けじと両手のブレスレットから魔法を放つ。

付与している触媒が小さいからか、山羊頭と同じ『火球』でもこっちの威力のほうが劣るようだ。

明らかに向こうの『火球』のほうが大きい。

けれど、こっちは何十発もの『火球』と『雷の矢』で弾幕を張って迎撃する。

「クルース、今のうちに！」

「ええ、任せておきなさい！」

チャンスと見た彼女が飛び出す。

俺とキマイラの魔法合戦を避けて回り込み、接近した。

「食らいなさい！」

長剣が煌めいてキマイラが悲鳴を上げた。

クルースが尻尾の大蛇を切断したのだ。

これでやっと、注意しなければいけない相手が獅子と山羊の二つになる。

長い体を生かして不意打ちを仕掛けてくる蛇と違い、この二つは居場所がはっきりしていた。

1対3でも善戦していたクルースが、俺を入れて2対2になっているのだから、もう負けるはずがない。

「残り二つの首も、あたしが落としてあげるわ！」

厄介な相手が消えたことで、元々素早かったクルースの動きがさらに鋭さを増す。

「はあああぁっ!!」

動きの鈍ったキマイラに向かって長剣が振るわれる。

そして、ついに残った二つの首も地に落ちた。キマイラの巨体が倒れて地面に伏せる。

「……やった」

辺りが静かになったところで俺はそう呟いた。

「本当に倒したんだな」

目の前にあるキマイラの死体は確かに現実のものだった。

ワイバーンに匹敵するモンスターを俺たちだけの手で倒したんだ。

恐怖を感じたけれど、すごく興奮した。

「空を飛ばない代わりに、頭が三つあるっていうのはかなり厄介だったわね」

クルースは剣を鞘に収めるとそう言う。流石の彼女も、汗をかいているようだった。

俺はバッグからタオルを取り出すと、彼女に手渡す。

「よかったら使って」

「あ、ありがとう……」

クルースは少し驚きつつも受け取って汗を拭く。

その内にマティが、別の冒険者パーティーといっしょに戻ってきた。

「アルムさん！」

「良かった、マティも無事だったね」

「はい、事前に周囲のモンスターを掃討していましたから」

「それで、後ろの彼等は？」

近くに配置された冒険者じゃないけれど、見覚えがある。そう、あの切り札だという彼らだ。

「ギルド長のおっしゃっていたBランク冒険者の方々です」

「アルム君とクルースさんだったね、無事で良かった。俺は冒険者パーティー『ヘックス』のリーダー、マイケルだ」

三十歳ほどの精悍な男性をリーダーにした、六人組のパーティーだった。

「俺たちもついさっきヘルハウンドの群れを片付けて駆けつけたんだ。しかし、君たちだけでキマイラを倒してしまうとは……」

キマイラの死体を見て感心した表情のマイケル。

どうやら俺たちがこれを倒したということは、認めてくれるみたいだ。

このクエストに参加した冒険者の中で最も上位である彼が確認したことなら、冒険者ギルドも功績として認めてくれるだろう。

「アルムさんは、お怪我ありませんか？」

隣にやってきたマティが俺の足や腕を見る。

「大丈夫だ。クルースが上手く相手してくれていたから」

そう言って彼女のほうを見る。

クルースも体の調子を確かめているけれど、問題はなさそうだ。

キマイラの一撃をまともに食らった場面は見ていない。

あの怪物の攻撃を完全に見切っていた証拠だ。

けれど、いくつかかすり傷は追っているらしい。

今は倒れた木に腰掛けながら、傷薬の軟膏を取り出して塗りつけていた。

この世界には傷や体力を瞬く間に回復させるポーションがある。

それらは主に、錬金術師が作った品だ。

短時間で回復出来て冒険者にうってつけだが、戦闘時にしか使用しない。

ポーションは貴重品で、戦闘中以外の場面なら薬師が作った軟膏などのほうがコストパフォーマンスが良いからだ。俺は彼女が傷の手当てを終えた辺りで声をかける。

「クルース、もう大丈夫か？」

「ええ、問題ないわ」

彼女は立ち上がるとこっちにやってくる。

そして俺の顔を見た。

マティより少し身長が低いから、若干俺を見上げるような形だ。

彼女の姿を見ていると、少し感慨深い気持ちが湧いてくる。

「……何よ、突然黙って見つめて」

「いや、俺より小柄なのにキマイラの正面に立って翻弄していたんだから、本当に凄いなと思って」

この世界には魔法があるから、転生前の常識は通用しない。

けれど、改めて彼女のしなやかな体に秘められた力に感動する。

「小柄って……そっちのお嬢様よりちょっぴり低いだけじゃない！　まだ誤差の範囲内よ！」

急に不機嫌そうな顔になってしまうクルース。

目つきを鋭くして反論してくる。

「あっ、ごめん。別に貶《けな》すつもりで言ったんじゃないんだ」

「どいつもこいつも、小さいとか若いとか……」

どうやら本人は気にしていたようだ。

剣士というか前衛を張る冒険者は女性でも体格が良い人が多いから、今までも比べられた経験が多いのかもしれない。俺は地雷を踏んでしまったことを悔いて謝る。

「ふん……まあ、キマイラの討伐で協力してもらったから許すわ」

「ありがとう、助かるよ」

どうにか、拒絶されるほど嫌われずには済んだようだ。

けれど、彼女は俺から離れて声の届かないところまで行ってしまう。

「アルムさん、残念でしたね」

「彼女が気にしていることを口走ってしまったのは俺の不注意だよ。けど、いっしょにキマイラと戦って、ますますクルースのことが魅力的に思えてきた。是非パーティーに加わってほしい」

彼女の存在があれば、俺たちはより様々なクエストに挑戦できるだろう。

それに、実力以外にも理由がある。

少し話しただけだけれど、クルースは冒険者としての活動に意義を見出しているように感じた。

今回のキマイラとの遭遇は、クエストとしてはイレギュラーだ。

自分を第一に、合理的に考えるなら逃げる選択肢もあっただろう。

けれど、彼女は迷わずキマイラに立ち向かっていき、自分の力を示そうとしていた。

普通とは違う俺の付与魔術を説明しても、冒険者として役立つと思うだけで、変に利用しようとは思わないはず。

そういう意味でも、彼女は仲間として理想的だと思った。


その日の夜、戦果の確認と負傷者の救助を終えた俺たち冒険者集団は近くの街にいた。

ここで疲れを癒してから、それぞれの街に戻る予定だ。

大人数なので、冒険者ギルドと提携している大きな宿に泊まる。

今夜がクルースをパーティーに誘う、最後のチャンスだろう。

明日になれば彼女は元の街に帰ってしまう。

なんとかふたりきりになれないかチャンスをうかがっていたけれど、途中でクルースの姿を見失ってしまった。

その後も、クエスト成功を祝って冒険者たちが集まって酒盛りをしていたから、見つけたとしても誘うような雰囲気じゃなかったろうけれど、残念だ。

日付も変わるほど夜がふけると、流石に静かになる。

さっきまで騒いでいた冒険者たちも、それぞれの部屋に帰って休んでいた。

俺は、充満するアルコールの匂いだけでクラクラしていたマティを部屋へ送り届ける。

そして一階の食堂に戻ってくると、カウンター席にクルースの姿を見つけた。

周りには今、ほとんど人がいない。

酔いつぶれて机に突っ伏し、寝ているような連中だけだ。

これは好機だと思った俺は、彼女に近づいた。

「こんばんはクルース」

「誰かと思ったらアルムか」

一瞬だけこっちへ視線を向けるけれど、すぐまた目の前の料理へ向かう。

「今頃食事してるのか？」

「騒がしい雰囲気は好きじゃないのよ」

「さっきまではどんちゃん騒ぎだったからな」

ヘルハウンドの群れを討伐した冒険者や、キマイラを倒した俺たちは話題の中心だった。

特に俺やマティはまだCランクだということもあって、驚かれたり讃えられたり妬まれたり、いろいろ大変だったな。

「クルースはその騒ぎから上手く逃げてたわけだ」

「そういうこと」

道理で途中から姿が見えなかったわけだ。

「あんまり注目の的になるのは、好きじゃない？」

「そんなことないわ、実力が認められたり讃えられるのは好きよ。でも、あまり絡まれるのは嫌い。あたしは自分の腕をもっと磨いて、より強力なモンスターを倒したいのよ」

どうやら俺が思った通りの性格らしい。

「そっか。じゃあ、ささやかだけどこれを受け取ってくれないかな」

そう言って懐から瓶を一本取り出す。

「お酒？　これはどういう意味？」

「昼間助けられたお礼だよ。クルースがいなかったら俺たちはキマイラを倒せなかった」

町の酒屋で買ってきた一番上等なワインだ。

お礼に何か送るにしても、消耗品が良いと思って選んだものだった。

「ふぅん」

彼女は手元のコップに残っていた水を飲み干すと、そこに俺が渡したワインを入れて飲む。

「ん、こくっ……まあまあね」

「良かった」

「でも、あたしひとりじゃ多いわ。アルムも飲みなさいよ」

そう言って、近くにあったコップを掴んで俺によこす。

「じゃ、遠慮なくいただこうかな」

このまま話を続ける絶好の機会だと思い、ワインをコップに注ぐ。

一口飲んでからまた話しかけた。

「クルースはどうして、ひとりで冒険者をしてるんだ？」

その問いかけに彼女はピクッと眉を動かす。もしかしてまた地雷を踏んでしまったかと思ったけど、クルースはため息を一つついて話し始める。

「あたしは元々、辺境の領主に使える騎士の娘だったの」

「へえ、じゃあお嬢様じゃないか」

「田舎騎士なんて半分は農民と同じよ。元々兵士だった父が武功を立てて、騎士に取り立てられただけだから、貴族っていう意識もなかったし」

「でも、それがなんで冒険者に？」

「兄弟と仲が悪かったから家出したの。あたし以外に三人の兄弟がいたんだけど、誰よりもあたしのほうが剣の才能があったからよ。父はあたしの剣の腕を認めていた、それが余計に気に食わなかったみたいね」

「そりゃあ、災難だったな」

それで居心地の悪い家から飛び出してきたという訳か。

剣の腕に自信があったとしても、女ひとりで出ていくなんてなかなかできることじゃない。

元から行動力は高かったんだろうな。

「でも、今はそんなことはどうでもいいの。今のあたしにとって重要なのは、剣の腕を上げてより強いモンスターを倒すことよ。そのためにはパーティーを組んだほうが良いのは分かってるけど、同年代の冒険者で同レベルの戦いが出来る奴がいなかったのよね。一時的にパーティーを組むことはあったけど、いつも長続きしなかったわ」

「実力で選んで、組む相手を変えたらどうなんだ？」

「もちろんやってみたけど、そうなると相手は十歳くらい年上になるのよ。でも、一ヶ月もすればあたしの上達についてこれなくなって関係がこじれるの。くぅ……思い出すとイライラしてきたわ」

そう言いながら二杯目のワインを飲むクルース。

「だから、あたしとパーティーを組みたいと言われてもお断りよ」

「あ、あはは……そっか……」

俺が本題を切り出す前にそう言われてしまった。

これは少し厳しいかもしれないな。

もう、この場で仲間になってほしいと言い出す訳にはいかない。

かといってすぐに、用はないと席を立つのはあんまりだし、もう少し付き合うとしよう。

それからも過去の仲間の愚痴を言いつつ、お酒のペースを上げていくクルース。

「お、おい。その辺にしておいたほうが……」

「うるさいわね！　あたしの好きに……うぅ……」

「ああほら、言わんこっちゃない」

グラッと傾いたクルースの体を支える。

俺はそのまま肩を貸すと、上階にある彼女の部屋まで送っていくことに。

部屋に到着すると、ゆっくりベッドへ寝かせた。

「今日はもう休んだほうがいい」

勧誘まで話が進まなかったのは残念だけど、明日の朝、もう一度だけ話しかけてみれば良いだろう。そう思って部屋を後にしようとする。

そのとき、ベッドからクルースの腕が伸びてきて俺の服の裾を掴んだ。

「待ちなさいよぉ……」

「なんだ？」

振り返るとクルースが体を起こしていて、火照った顔のまま俺を見上げている。

部屋が薄暗いからか、食堂で見たときより色っぽく見えた。

「このままあたしをひとりにするつもり？　今度はあんたの話を聞かせなさいっ！」

「ちょ、ちょっと！　うわっ！」

体格では勝っているけれど、腕力ではクルースのほうが上だった。

見た目は細いのに、引き締まった筋肉がついている。

それに、魔力による身体強化も合わさっているのかもしれない。

俺はそのままベッドへ引き込まて、仰向けで倒れてしまう。

そして、そんな俺の上にクルースが覆いかぶさってきた。

「あたしにだけ話をさせておいて、そっちは逃げるつもり？」

「そんなつもりじゃなかったんだ。でも、おい！　そこはっ！」

クルースが俺に顔を近づけながら睨んでくる。

それと同時に、彼女の大きな胸が俺の胸板に押し付けられた。

前衛にしては軽装だから、服越しに胸の柔らかさが伝わってしまう。

おまけに服の胸元が開いているから、前かがみになると深い谷間が見えた。

更にクルースは片足を俺の足の間に入れてきたので、膝が股間に擦れる。

俺は自分の体の中から興奮の熱が湧き出てくるのを感じた。

「ちょっ、このままじゃマズいって！」

「何がいけないのよ？　あたしに聞かれたくないことでも……」

そうこうしている内に肉棒が硬くなってしまう。

そして、ついに股間にクルースの膝がグッと押し付けられる。

「……えっ？　こ、この硬いの、まさかっ!?」

クルースが一瞬呆けたような表情になる。

そして、俺の股間の状態を理解したのか酔いとは別の意味で顔を真っ赤にした。

「な、なに硬くしてるのよアルム！」

「自分の体勢を見てから言ってくれ！」

「うっ……」

今更ながら、彼女も自分から胸を押し付ける形になっていたと気付いたようだ。

「あ、あたしは、別にそういうつもりじゃなくてっ！」

「偶然こうなったのは分かってる」

クルースの性格なら狙ってやっているのはあり得ない。

だからこそ俺も理性を保っていられた。

狙ってこんな誘惑をしてきているなら我慢できない。

このままクルースが離れてくれれば、きっと治まる。

けれど、俺の予想に反して彼女は動こうとしなかった。

顔を覗き込むと、何か考え込んでいるようだ。

「クルース？」

「うう……でも、ここまできたらいっそ飛び込んでみるのもアリかしら……」

「どういう意味だ？」

彼女が何か小声でつぶやく。残念ながら俺の耳では聞き取れなかった。

けれど、彼女は何か決意したのか俺の目を見る。

「アルム」

「ど、どうしたんだ」

さっきより少し迫力がある。酔いも醒めているようで、目には力があった。

「ごめん、酔った勢いでこんなことになっちゃって」

「いや、別に気にしてないよ。クルースみたいな美少女ならむしろ歓迎したいなー、なんて。あはは……」

軽く冗談を言って雰囲気を和ませようとするけれど、クルースは俺の言葉を聞いて眉を動かした。

「へえ、あたしのこと美少女とか言うのね」

「ああ、いや……不快だったら謝るよ」

もしかしたら剣士である彼女は、こんなふうに言われるのが嫌いだったかもしれない。

不安に思っていると、向こうは口元に笑みを浮かべる。

「じゃあ、あたしがこんなことしても喜ぶんだ？」

そう言うと、クルースはなんと服の胸元をめくった。

すると、マティ並みに発育のいい巨乳が飛び出てきてしまう。

「なっ⁉　ク、クルース⁉」

突然のことに驚いてしまった。そんな俺を見て彼女は楽しそうな笑みを浮かべる。

「こんなに面白い反応をしてくれるなら、やってみた甲斐があったかもね」

続けて彼女の手が俺の服に伸びてくる。

動揺している俺は黙って見ていることしかできなかった。

「うっ……」

服がめくりあげられ、その中にクルースの手が入ってくる。

アルコールで血行が良くなっているのか温かい。

「やっぱり魔術師だからか、戦士より貧相ね」

「くっ、貧相で悪かったな」

なんとかそう言葉を返す。

ただでさえ胸を押し付けられて勃起してしまっているのに、生で巨乳を見せつけられて治まる気がしない。

完全に興奮のスイッチを入れられてしまった。

「いきなりこんなことをして、どういうつもりだ？　もしかして、こういうのが趣味なのか？」

見かけによらず、立ち寄った先々で男を食べていたとか。

「むっ、心外ね。そんなに緩い女じゃないわよ！　こんなことするの、初めてなんだから」

「じゃあ、尚更どうしてって気持ちが強くなるな」

何か目的があるとすると、俺にはそれが分らない。

少なくとも、まだ俺の付与魔術については詳しく知らないはずだ。

酔いが残っていて、その勢いでしてしまったと言われれば納得しそうだ。

「酔っぱらって迷惑かけちゃったから、そのお詫び」

「そ、それだけで!?」

「まさか！　それだけじゃないわ。アルムのことを試したくなったの」

「試すって、こんな状態でどうやって？　なにを試すんだ？」

「もちろん体の相性がいいかよ。ベッドの上での相性がいいと、戦場でも上手く連携できるって、女冒険者が話してるのを聞いたわ」

それってただの冗談なんじゃないかと思ったけれど、確証もないので黙っておく。

もしかすると、この流れならクルースが仲間になってくれるかもしれないんだから。

「言っておくけど、あたしはこんなことするの、ほんとに初めてよ！」

「じゃあ光栄だな。やり方は知ってるのか？」

「まあ、多少はね。冒険者なんてやってると、下世話な話はどこからでも耳に入るわ」

「そっか、分かった」

まあクルースが納得しているなら良いだろうと思うことにする。

そして、彼女は手を動かして俺のズボンに手をかけた。

「こっちも脱がすわよ」

見た目よりずっと力の強い彼女は、一瞬で下着ごと脱がしてしまう。

「ッ!?　こ、これが男の……こんなに硬く立ち上がってるなんて……」

現れた男性器を見て息をのむクルース。

どうやら俺のものが想像より元気だったらしい。

「あんまり見つめられると、男のほうも少し恥ずかしいんだが」

「分かったわよ。でも、これからあたしの中に入るやつなんだから」

そう言いつつ、思い切って片手で肉棒を掴むクルース。

手加減はしてくれているけれど、キマイラの蛇の首を斬った手で握られていると思うと少し緊張してしまう。

「すごく硬いわ、それに熱い……本当にあたしでこれだけ興奮したの？」

半信半疑になって問いかけてくるクルース。

ずっとひとりで冒険者をしていたせいか、女性としての自己評価が低いらしい。

一つ思い切って、肯定してみよう。

「言っておくけどクルースは凄い美少女だぞ。そんな子に覆いかぶさられて、おっぱい見せられて、ちんこまで握られて……興奮しないほうがおかしいな！」

「そ、そうなのね。そっか、あたしが……」

ここまで言ってクルースもようやく理解したようだ。

俺が自分に興奮していると知って、少し動揺している。

「一応覚悟は決めてたけど、そう思ってくれるなら少し気が楽ね」

クルースが小さく笑う。

けれど、その表情が少し硬く見える。

自分から切り出したことなのに、やはりどうしても緊張しているようだ。

「けど、俺が相手で本当に良いのか？」

「ちゃんと覚悟は決めてあるんだから」

そこまで言われてしまっては、これ以上質問するわけにはいかない。

クルースへの侮辱になってしまうだろうから。

「ああ、でも……」

俺も彼女を抱こうと決意したところで、向こうから待ったがかけられる。

「エッチする前にキスくらいはすませてよね」

「ああ、分かった」

クルースの背中に手を回して抱き寄せる。

そして、彼女の唇を奪った。

「んっ……ちゅ、はぅ……」

向こうも覚悟していたからか驚きはない。

互いに優しく唇を押し付けていた。けれど、落ち着かない様子で何度も瞬きしている。

クルースの瞳は髪の毛と同じ色だ。

黄金のような輝きに見詰められると、こっちも少し緊張してしまう。

「ふ、んぅ……キスって特別だって言われてるけど、意外に大したことないのね」

「そりゃあキスにもいろいろあるだろう。俺の知ってる一番激しいのもやってみようか？」

そう提案すると、クルースは目を見開いた。

「ふ、ふーん、そういうのも知ってるのね。でも、別に今する必要はないでしょ。本番とは別なんだから」

分かりやすい反応だ。今以上のキスがあると知って動揺しているらしい。

けれど、彼女の言うことももっともだった。

「まあ、確かにクルースの言う通りだな」

せっかくクルースが俺を信用してくれているのに、あまり茶化す訳にはいかない。

「それじゃあ、俺も頑張らせてもらおうかな」

「ちょ、ちょっと……きゃっ！」

クルースの肩を掴んで体を離すと、起き上がる。

そして体を誘導し、彼女をベッドの上で四つん這いにさせた。

「こ、これっ！　こんな格好恥ずかしいわ！」

「でも、これもちゃんとしたやり方の一つなんだぞ」

「本当なの？」

急に恥ずかしい恰好をさせられて、顔を赤くしながらも聞いてくるクルース。

セックスでどんなことをするかは知っていても、具体的に何がどうなるかは知らないらしい。

冒険者たちの話を聞いてたってことだから、知識に偏りがあるのかもな。

「初めてはこっちの体勢のほうが楽らしいし。ダメだったら変えればいい」

「は、初めてってそういうものだっけ……まあ、アルムにリードしてもらうわ」

「精いっぱいやらせてもらうよ」

そう言ってクルースの下着を脱がせてしまうと、真っ白なお尻が露《あらわ》になった。

「綺麗だな。剣士なのに傷一つない」

「あたしの実力が高いおかげよ。臆病だから傷がない訳じゃないんだから」

「それはよく理解してるよ。実際に間近で戦いを見てるから」

クルースはキマイラを前にしても一歩も引かない勇敢さを持つ冒険者だ。

それでもこの肢体に目立つ傷がないのは、彼女の実力の高さの証明だろう。

左手でお尻を撫でつつ右手を谷間に沿って移動させ、秘部に触れさせた。

「あっ！　そ、そこ……」

「丁寧に触るから信用してくれ」

「分かってるわ、アルムだから任せたのよ」

クルースが頷くのを見てさらに右手を動かす。

あまり強くしないよう注意しながら、割れ目に沿って指を動かしていった。

「はぁ、あうっ！　他人に触られるのって、なんだか変な気分よ」

「体のほうも少し熱くなってきたみたいだな」

指先に湿り気を感じる。少し秘部から離してみると、透明な糸を引いているのが見えた。

愛液が漏れてきているらしい。俺に抱きついてきたときから興奮していたようだけど、直接的な刺激でそれが一気に高まったみたいだ。

「もうそろそろかな」

外に溢れるほど濡れているなら、膣内は十分なほど愛液まみれのはずだ。

俺は左手で勃起したままの肉棒を支えると、クルースの秘部へ押し当てる。

「んぅ！　はぁ、はぁ……硬いのがっ！　アルムのがあたしにっ！」

「このまま入れていいか？」

問いかけながらも腰を動かして、肉棒の先端を秘部に埋め始めてしまう。

俺自身、興奮で前のめりになっていた。

「うん、いいよ！　あたしも、体がどんどん熱くなってきちゃって……」

クルースが熱っぽい視線を向けてくる。

数時間前まで勇敢に戦っていた少女が、こんなに女らしい顔をしている。

そのギャップにますます気分が昂ぶってしまった。

「クルースの初めて、俺が貰うぞ！」

腰を前に進めて肉棒を突き入れる。

「あうぅっ！　ん、はぁっ！　中に……！」

ズブズブとクルースの中に侵入していく。

予想通り膣内はたっぷりの愛液で濡れていた。

初めてということもあってキツいけれど、そのまま奥へ進んでいく。

「あぁっ！　ひゃ、あぐぅっ！」

クルースが僅かに苦しそうな声を漏らす。

ついに処女膜を突き破って、出会ったばかりの少女に不可逆の痕をつけてしまった。

「クルース、大丈夫か？」

「も、問題ないわ。少しびっくりしただけだから」

強がっていないか心配になったけれど、呼吸は落ち着いている。

どうやら破瓜の痛みはそれほど強くないようで安心した。

キマイラと渡り合う剣士なだけあって、痛みにも俺より強いんだろう。

安心した俺は、最奥まで到達した肉棒をまた動かしていく。

「ん、あぁっ……そんなに、んっ……！」

後ろから突いていくと、クルースは小さく声を出しながら感じていた。

「声、抑えなくてもいいぞ？」

「そんなことっ……んっ！　別に、してないから……っ！」

クルースは強がるようにそう言ったけれど、膣内はきゅんきゅんと締めつけてきていた。

バックからだから表情はよく見えないが、漏れてくる声と身体は素直に反応してしまっている。

俺はそんな彼女をもっと素直にさせたくて、ピストンの速度を上げていった。

「あっ！　ん、あふっ、んあぁぁっ！　や、アルム、んっ……！」

彼女は敏感に反応して可愛い声をあげてしまう。

初めてでも俺の責めで感じていることが分かって、こっちまで興奮していった。

「クルースの中、すごく気持ちいいよ。最高だ！」

「ん、はうっ！　あ、あたしも……アルムに突かれて気持ちいいっ！」

恥ずかしそうにしながらも、しっかり言葉にして返してくれるクルース。

最初は割と塩対応だっただけに、この変化は嬉しくなってしまう。

俺はますます腰を激しく打ちつけていく。

部屋の中は、体のぶつかり合う音とクルースの嬌声で満たされていった。

やがてその興奮も限界に達し、我慢できない欲望の塊がせり上がってくる。

それはクルースのほうも同じようだ。

「あぅぅっ！　はぁっ、はぁっ！　ダメ、くるっ！　アルム、あたしもうっ！」

大きく息を乱しながら限界を訴えてくる。

膣内も不規則に締めつけて、もう自分の体を掌握できていないようだ。

「俺も我慢出来ない。このまま最後までするぞ！」

「いいよ、きてっ！　あたしもアルムの子種が欲しいっ！」

その言葉を聞いて、体の中心が一気に熱くなったのを感じる。

俺は両手でクルースの腰を掴むとラストスパートをかけた。

「ひゃううぅっ!?　ひぃ、また激しくっ！」

クルースが嬌声を上げ、同時に膣内が締めつける。その刺激が最後の一撃になった。

「ぐっ！　イクぞクルースッ！」

「うぅぅっ！　イクッ！　あたしもイクッ！」

最後に思い切り腰を突き込んで射精する。

背筋を快感が駆け上り、ドクドクッと精液が噴きだす。

「あぁあぁぁあぁぁっ‼　熱いのが中にっ、イクッ！　ひゃうううううぅぅううぅぅっ‼」

一瞬遅れてクルースも絶頂に達した。

腰から背筋までを、気持ちよさそうにビクビクと震わせている。

膣内も締めつけてきて、最後まで精液を搾り取ってきた。

「あひゅ、はぁっ……お腹の中、いっぱいになってる……」

流石のクルースも、初めてのセックスで中出しまでされて消耗したみたいだ。

俺は彼女を介抱しつつ横に腰を下ろす。

「クルース、大丈夫か？」

汗で張りついた髪をどかしてやりながら問いかける。少し反応が鈍いながらも頷いた。

「ん……大丈夫よ。でも、こんなに凄いなんて……想像以上だったわ」

乱れてしまった自分を思い出したのか、羞恥心で顔を赤くしている。

「俺のほうこそ、クルースと夜を過ごせるなんて予想外だったな。でも、喜んでもらえたみたいで良かった」

「……満足してるみたいだけど、この一夜だけじゃないのよ？」

それはつまり、身体の相性としても合格だということだろう。

「ああ、もちろん分かってる。クルース、これから冒険者仲間としてもよろしく頼むよ」

彼女は魅力的な女性だけど、それ以上に頼もしい冒険者だ。

三人になったパーティーで色々なクエストを受ければ、今までよりも格段に立派な活躍が出来るだろう。

「言っておくけれど、冒険者として期待外れだったら、すぐに出ていくからね？」

「クルースの期待に沿えるよう頑張るよ」

苦笑いしつつ、そろそろ眠くなってきたのでベッドへ横になる。

そして、そのままクルースと身を寄せ合って夜を過ごすのだった。

こうして、俺たちのパーティーに剣士クルースが加わった。

彼女は待望の前衛だ。しかも、ひとりでワイバーンやキマイラと渡り合う腕を持つ。

頼りになる前衛を得たことで、俺たちはさらに多くのクエストを受けられるようになった。

マティもすっかりクルースを気に入ったようで、仲良くしてくれるようだ。

もともと実力的にも認めていたようだし、俺が上手く仲間にしたことを喜んでくれている。

そうして今日も三人で、あるクエストに来ている。

今回のターゲットはロックトロール。文字通り岩のように硬い肌を持つトロールだ。

身長は四メートルほどもあって、ちょっとした平屋の家より大きい。

「マティ、頼んだ！　奴の足を止めてくれ！」

「はい！　『炎柱』！」

彼女が魔法を使うと、トロールの目の前に炎の柱が生まれる。

トロールは強靭な生命力を持つが、いくつか弱点があった。そのうちの一つが火だ。

普通の傷ならばたちまち回復してしまうけれど、火であぶられた傷はなかなか回復しない。

トロールも本能でそれを分かっているようだ。こちらに向かってきていた足を止める。

「動きが止まった！　クルース！」

「ええ、分かってるわよ！」

長剣を構えたクルースが前に出る。

トロールが近づいてくる彼女の存在に気付き、大木のような腕を叩きつける。

けれどクルースはひるむことなく俊敏に動いて攻撃を回避した。

「動きが遅いのよ！」

地面へ叩きつけられた腕を足場にして、クルースが飛び上がった。

「はあああああっ！」

気合と共に剣が振るわれ、トロールの顔面を切りつける。

彼女は見事に片目を潰し、さすがのトロールも悲鳴を上げた。

しかし、この程度の傷ならばすぐ回復してしまうのがトロールの怖いところだ。

隙が出来たら逃さず畳みかける。

「今度は俺の番だ！　『酸の矢』！」

俺も片手に持った短杖に付与した魔法を放つ。

酸も傷の回復を遅らせる効果があることから、トロール相手に有利な魔法だ。

俺が狙ったのはトロールの足。

顔面に傷を負った奴の足元は不安定で、さらにそこを攻める。

特に踵《かかと》へと、重点的に攻撃を集中した。

それが功を奏したようで、トロールがバランスを崩して倒れる。

こうなってしまっては咄嗟に防御も出来ない。

その隙を見逃すクルースではなかった。

「これでトドメよ！」

クルースがトロールの体に駆け上がり、心臓へ向けて垂直に剣を突き刺す。

トロールの中でもロックトロールの体は特に頑強だが、クルースの全力はどうにかその防御を突き破った。

長剣が心臓を貫き、その鼓動を止める。

流石のトロールも、心臓を貫かれては生きていられない。

トロールが沈黙すると、討伐証拠を剥ぎ取ってから集合した。

「お疲れ様。クルースは今日もいい動きだったな」

「当たり前よ。あんなノロマに捕まるわけないわ」

自信ありげにそう言うクルース。

確かに、キマイラの攻撃でさえ見事に捌いていた彼女にとって、トロールの攻撃は鈍重だろう。

けれど、俺たち魔術師にとっては違う。

強靭な外皮と無尽蔵のスタミナで進んでくるトロールは恐怖だ。

火や酸といった有効な魔法はあるけれど、致命傷を負わせるには至らない。

だから、今まで俺とマティだけでは倒せない相手だった。

それが、クルースが加わったことで簡単に倒せる相手へと変化したんだ。

俺とマティは、クルースが動きやすいよう魔法で牽制し、状況を整える。

隙を見つけた彼女が急所に一撃を撃ち込んで、討伐完了だ。

「あたしのほうこそ助かったわ。やっぱり、連携できる後衛がいると楽に動けるわね」

「そう言ってもらえると嬉しいな」

無論、相手にするモンスターによっては主役と援護役が入れ替わることになる。

俺たちはもちろん、クルースにとっても利益はあったようだ。

「この調子ならふたりがBランクに上がるのも、そう遠くはないわね」

「キマイラの討伐でだいぶポイントがたまったからな」

元々マティとふたりで地道に活動していたから、冒険者ギルドの信用も得ている。

俺の見立てでは、あと一ヶ月以内にBランクへ昇進できるだろう。

Bランクになれば、冒険者パーティーとして平均以上の力があると認められることとなる。

今より多くのクエストを受けられるようになるだろうし、ギルドのサポートも手厚くなるようだ。

今後も冒険者として活動していくために、ぜひとも早く昇進したい。

俺たちは三人でギルドに帰還すると、クエストの報告をしてから夕食を食べることに。

収入も安定してきたから食事もなかなか豪勢だ。

伯爵の屋敷で出されたものに比べるとさすがに劣るけれど、栄養も満点で冒険者としては喜ばしい。

「それにしても、あたしの装備がここまで強化されるなんてね。アルムが優秀な付与術師だとは知ってたけど、ここまでとは思わなかったわ」

「そりゃあ仲間の装備だから、全力で強化するに決まってるじゃないか」

正式にパーティーを組むことになってから真っ先にやったことが装備の強化だ。

クルースはモンスターと近距離で戦うから、装備の良さは生死に直結する。

彼女はスピードを重視するタイプの剣士だから重装備を嫌っているらしい。

けれど、それでは万が一のときに一撃で致命傷を貰うことになりかねない。

だから、彼女の装備は頭から足先までこれでもかと強化してある。

「物理防御力や魔法防御力、それに異常状態耐性。これだけでも、Bランクパーティーの前衛が使ってる装備より上質だわ。特に服なんて、この重さのままプレートメイル並の防御力に強化されているなんて……王国が抱えている付与術師でもそう簡単には出来ないわ。どこでこんな魔法を学んだの？」

少しだけ真剣な顔つきになるクルース。

命を預ける装備に関することだから、ふざける訳にはいかないんだろう。

とはいえ、その質問には上手く答えられない。

まさか異世界から転生してきて、そのとき手に入れた能力だなんて言えないからだ。

いくらパーティー仲間とはいえ頭がおかしくなったと思われるし、そんな出所が怪しい魔法に身を任せるのは不安だろうから。

「俺の付与魔術は故郷で習ったもので、この辺りの付与魔術と少し違ってて独特みたいなんだ。難しい準備も要らないし、小さい物には簡単に付与できる。けど、得体のしれない魔法が不安だっていうなら元に戻すよ」

そう言うとクルースは首を横に振る。

「その必要はないわ。アルムのことは信用してるから大丈夫よ、命を預け合った仲だしね」

仲間として信用してもらっているのは嬉しい。

だからこそ、不安があれば出来るだけ取り除きたいと思う。

「何か違和感があったらすぐ言ってほしい。調べてみるよ」

「そうさせてもらうわ。それより、この付与魔術はあまり人目につくところで使わないほうがいいわよ。せっかくの優秀な付与魔術師が、国に召し抱えられたりしたらたまらないわ」

「そんなことも実際にあるんだ」

「優秀な魔術師は貴重だもの。国や貴族から魔術師だけ引き抜かれて解散したパーティーを、いくつも見てきたわ。冒険者ギルドも対策はしているでしょうけど、絶対じゃないし」

「なるほど……それについては可能な限り気を付けるよ」

伯爵などにも言われていたことだし、冒険者として先輩からの忠告だ。しっかり注意しよう。

ここのギルド長は信用しているけれど、国や貴族相手に絶対はない。

最悪はこの街を出ていって、別の街の冒険者ギルドへ移ることも考えなくちゃな。

冒険者のランクなんかはどこでも共通なので、場所を移しても仕事が出来るのは良い。

そこまで組織の拘束が強くないというのも、転生前にブラック企業で搾取されていた俺からすれば好印象だった。

その分、自分で抱える責任が大きくなるけれど、それは仕方ない。

今の俺には転生で得た能力に加えて頼れる仲間もいるから、きっと大丈夫だ。

「アルムさん、お茶はいかがですか」

食事を終えて一息ついていると、マティがお茶を持ってきてくれた。

「ああ、ありがとう。もらおうかな」

「じゃあ、あたしも」

「はい！」

マティが三人分のお茶を用意してくれたので、のんびり談笑しながら過ごす。

クエストを一つ終えたら何日か休暇を入れるので、いつもこんな緩んだ雰囲気だ。

こうしてゆっくりできるのも、クルースが加わって達成できるクエストが多くなったことが大きな要因だった。

実入りのいいクエストは、大抵は強力なモンスターの討伐や危険地帯での探索になる。

前衛がいない以前のパーティーではとてもこなせなかった。

しばらく談笑していると、クルースが話を切り出してくる。

「そういえば、アルムはダンジョンに潜る気はないの？」

「ダンジョンか……名前は聞いたことがあるけど、実はよく知らないんだ。マティは知ってる？」

「はい、知っていますよ。といっても、一般的なことだけですが」

そう言いつつ彼女はダンジョンについて説明してくれる。

ダンジョンというのは通常の自然洞窟とは違い、人為的に作られた迷宮だ。

古代の魔術師が自分の研究を守るため、あるいは王が秘宝を守るために作ったとも言われる。

ダンジョン内にはモンスターや凶悪な罠が待ち構えていて侵入者に牙をむく。

しかし、それを乗り越えた先にはお宝が待っているという訳だ。

最奥に隠された秘宝にはとんでもない価値があると言われているが、道中に点在する宝箱にもそれなり以上のお宝が入っている。

モンスターなどの素材もお金になるし、ダンジョン探索を主な活動にしている冒険者パーティーもいるようだ。

この自由都市ディードの近くにも、一つダンジョンがあったはず。

「ダンジョンか……興味はあるけど、現状では手を出したくないな」

「それはどうして？」

「きっと罠が仕掛けられているんだから、それを警戒する盗賊がいなきゃ」

冒険者の言う盗賊というのは、犯罪者とは違う。

モンスターの接近を察知したり、逆に見つけ出す能力。

罠を見つけて回避する観察眼や知識。

それに、冒険についていけるだけに身体能力。

そういったものを備えた冒険者が盗賊と言われる。

「俺たちは外のフィールドでモンスター相手に戦ってたから、あまり罠を警戒する必要はなかった。けど、ダンジョンに挑むなら盗賊なしは自殺行為だと思う」

モンスターの脅威と罠の脅威はベクトルが違う。

ドラゴンを倒せる冒険者でも、巧妙に隠蔽された落とし穴にかかって死ぬかもしれない。

「賢明な判断ね。それが分かっているならダンジョンに挑戦しないのはあたしも賛成」

「せっかくBランクまであと少しなのに、罠一つで台無しになるのは悔しいですからね。最悪の場合、命を失うかもしれませんし」

どうやらふたりも同意してくれたようだ。

「ダンジョンにあるお宝っていうのは魅力的なんだけどな」

現在、俺たちの収入は全部クエスト報酬から得ている。

しかし、ダンジョンでお宝を手に入れれば、その所有権は自分たちのものだ。

使える道具なら戦力の強化になるし、売ってお金にしてもいい。

それに何より、ダンジョンへ挑戦するというのはロマンがある。

「冒険者になったんだから、誰も見たことがないお宝を手に入れてみたいって気持ちはあるなぁ。まあ、危険を考えれば足を踏み入れられないけど」

魔術師ほどではないにしても、盗賊として高い技量を持った冒険者は貴重だ。

殆どが高ランクのパーティーに入っていて、引き抜きは難しい。

かといって実力の低い盗賊を頼りにダンジョンへ突入する気はなかった。

「ふむ……俺の道具を報酬にして雇うというのもダメだしな」

「けっこう、ダンジョンの話に食いつくわね」

俺が熱心に考えているのが意外だったらしい。

「うん。最初は余所者でも仕事が得やすいって理由で冒険者を始めたけど、思いのほかロマンに魅了されたみたいだ」

毎日のように冒険者ギルドにいると色々な場面に遭遇する。

強敵を倒して凱旋するパーティーや、クエストに失敗して悪態をつくパーティー。

そして、仲間を失って悲嘆にくれるパーティーや、全滅して帰ってこないパーティーもある。

転生前はブラック企業でずっと代わり映えしない仕事に追われていた俺からすると、良い面も悪い面も魅力的に見えた。

「もちろん、みんなが怪我しないようにするのが最優先だ。一応リーダーをやらせてもらってるから、責任がある。盗賊のいないパーティーじゃ挑めないよ」

残念だけど、ダンジョンについては諦めよう。

腕のいい盗賊を仲間に出来る機会があれば、また考えればいい。

そう思っていたとき、突然背後から声をかけられる。

「もしかしてあなたたちのパーティー、盗賊を募集してるんじゃないかしら」

「えっ？」

振り返ると、そこにいたのは美しい女性だった。

年齢は二十代前半くらいだろうか。

転生前の俺よりは年下だけど、現状のパーティーと比べると年上だ。

真っ赤な髪と瞳を持っていて、一目で印象に残る。

顔立ちも整っていて美人だし、なによりマティたちにはない色気があった。

肩下まで伸びるウェーブのついた髪もその雰囲気をより強くしている。

端的に言えば夜の街に似合いそうな色っぽいお姉さんだ。

服装もクルースよりさらに露出度が高くて、上半身なんか水着に見える。

そして、大胆な服装も霞むほどスタイルが良い。特に胸なんかは、マティやクルースより大きいんじゃないだろうか。

軽装を好む女性剣士や女性盗賊は露出の多い服装になることが多いけれど、彼女ほど肌色が多いのはなかなか見ない。

腰に提げている装備や、ベルトの短剣がなければ夜の店のお姉さんと間違われても不思議じゃないな。

現に周りの男たちの視線が集まっている。

「失礼ですが、どなたですか？」

「私の名前はレーヴル。あなたがさっき話してた盗賊の冒険者よ♪」

そう言うと彼女は軽くウィンクする。

そして、空いている椅子に座ってしまった。

「突然押しかけてくるなんて、なかなか度胸があるわね」

クルースが鋭い視線を彼女へ向ける。

突然現れた相手に警戒しているようだ。

「そんなに怖い目で見つめられたら困っちゃうわ」

そう言いつつ軽く笑みを浮かべるレーヴル。

クルースに睨まれると結構プレッシャーを感じるはずだけど、なんともなさそうだ。

確かに度胸はあるのかもしれない。

「俺はこのパーティーのリーダーを務めているアルム。付与魔術師だ」

一応向こうから名乗られているので、こちらも名乗り返すことに。

マティとクルースも自分の名前や職業を伝える。

「なるほど、確かにダンジョンへ挑むなら盗賊が欲しいメンバーね」

「レーヴルはどうしてこのギルドに来たんだ？　今までに姿を見たことがないから、他所からひとりで来たんだろう？」

ここで暮らし始めてそれなりに時間が経つため、見覚えのない顔が増えればすぐわかる。

彼女のように経験のある冒険者がひとりで現れるのは初めてだ。

単に美女というだけじゃなく、そういう意味でも目を引いている。

「実は前に加わっていたパーティーに負傷者が出て、それを切っ掛けに解散しちゃったのよ。しばらくその街で新しい仲間を探してたんだけど、なかなか良いパーティーが見つからなくて……。でも、自由都市ディードは最近活気があるみたいだから、見つかるんじゃないかって思ったの」

「なるほど、そういう経緯だったのか」

彼女の説明に不自然なところはない。

パーティーが解散して新しい仲間を求めるという話は聞いたことがある。

「でも、どうして俺たちに声をかけたんだ？　全員レーヴルより年下だし、頼りなさそうに見えるんじゃないか？」

普通は年下のパーティーに参加しようとする冒険者はいない。

それをするだけの理由が俺たちにあったんだろうか？

不思議に思っているとレーヴルが答えてくれる。

「理由はあるわ、女の子のほうが多いからよ。私、男の多いパーティーに入るとトラブルを起こしやすいの」

「ああ……まあ、そうよね」

「レーヴルさん、キレイですからね」

クルースとマティが何か悟った様子で頷いている。

要するに、色っぽくて綺麗な彼女をめぐって男同士の争いが起きてしまうんだろう。

「能力があってもそういった危険がありそうなパーティーには入らないの。メリットよりデメリットのほうが大きくなるもの」

どうやらレーヴルは、そういったことをとても重視しているようだ。

「私は二年前にBランクになってるから、ダンジョンの知識はそれなりにあるし、罠もよほど難しいものじゃなければ解除できるわ。あなたたちは、どんな力を持っているのかしら？」

確かに、相手が望む能力を持っているかの確認は大事だろう。

重要な情報だけは隠しつつ、こちらの出来ることも伝えた。

「珍しい付与魔術師に、お嬢様の魔術師、それに元ソロ活動をしてた剣士ね。なかなか面白いし、キマイラを倒せるなら実力も十分だわ」

どうやらレーヴルのお眼鏡に叶ったようだ。

「評価してもらえるのは嬉しいな。でも、一度お互いの実力を見るためにクエストを受けてみるのが良いかもしれない」

「それはいい考えね。実際に間近で活躍を見れば、お互いのことをよく知れるでしょうし」

俺とレーヴルの話は順調に進んでいく。

しかし、そこに突然横槍が突っ込まれた。

「おいおい、楽しそうな話をしてるじゃないか。俺も混ぜてくれよ」

そう言って近づいてきたのは筋骨隆々の戦士だ。

重装備で大斧を担いでおり、いかにもパワーファイターという感じがする。

後ろには仲間だろう男たちが控えていた。いずれも屈強そうだ。

「盗賊の姉ちゃん、こんなガキ共じゃなくてうちのパーティーに来ないか？　少し前にメンバーの盗賊が負傷で冒険者を止めちまって困ってたんだ。好待遇で迎え入れるぜ」

戦士はごつい手で拳を握ってテーブルに押し付ける。

「確かにこいつらは最近の新人じゃ上手くやってるが、ふたりはまだCランクだ。それに引き換え、俺たちは五年前からこの街でBランクをやってるぜ？」

そう言われてしまうと困る。

五年もBランクを維持しているなら、それなり以上の実力があることは確定だからだ。

けれど、レーヴルは戦士の提案に首を横に振った。

「止めておくわ。だって、あなたたちのパーティー全員男じゃない」

「なにぃ？　てめえ、俺たちが信用ならねえっていうのか!?」

戦士のほうもプライドがあるのか急に怒り始める。

「私なりの基準があるの。それを察してもらえないかしら」

「こいつ！　女だと思って優しくしてやりゃあ調子に乗りやがって！」

怒りで戦士の拳がプルプルと震える。

これはマズいと思った俺は立ち上がって間に割って入った。

「まあまあ、待ってください。ギルドで騒ぎを起こしちゃマズいでしょう？　お互いに落ち着いてください」

「ふん、生意気な女め。あとで後悔しても知らんからな！」

ギルド内での評判を気にしてか、戦士が意外とあっさり引く。

それを見たレーヴルは少し安心したような表情でため息をついていた。

「ありがとうアルム、助かったわ。ああいう強引な勧誘は困るのよね。しかも、遠慮なく胸をジロジロ見てくるから嫌になるわ」

「まあ、多少は仕方ないと思う。それだけレーヴルに魅力があるってことじゃないか」

「そう言うアルムはそんなに見てこないわね。もうふたりも相手がいるからかしら？」

マティとクルースのほうを見るレーヴル。

ふたりはわずかに顔を赤くして視線を逸らしていた。

「まあいいわ。それより、パーティーを組むか決めるためにもクエストを受けてみましょう」

「それには賛成だ。どうせならダンジョン関連のものがあれば、それが良いな」

「じゃあ、私が良さそうなものを見繕っておくわ」

こうして俺たちは、互いの実力を知るため、いっしょにクエストを受けることになるのだった。


翌日、俺たちは自由都市ディードの近くにあるダンジョンへ来ていた。

ここは地下迷宮型のダンジョンで、最も一般的な種類がこれらしい。

俺たちはレーヴルに先導されつつ、地下を進んでいた。

通路はどこも土がむき出しだが、四人が並んで歩けるほど広くしっかりしたもので、自然発生した場所ではなく誰かが作ったという話もうなずける。

「地下のダンジョンは光源を保つことが最重要だけど、このパーティーはそれについて心配することはなさそうね」

四人の腰にはそれぞれカンテラがぶら下がっている。

カンテラの中では魔法の光が灯って、周囲を明るく照らしていた。

地下を移動するということで俺が新しく作ったアイテムだ。

「動いても炎みたいに揺らぐことがないから、明るさが安定しているわ。付与魔術師が仲間にいるとこんなに便利なのね」

レーヴルも、付与魔術師の冒険者というのは今まで見たことがなかったらしい。

魔法の道具を自前で生み出せるという利便性に驚いているようだ。

「ますますあなたたちのパーティーが気に入ったわ。……ああ、ここの道は中央を歩かないよう端にズレてね。落とし穴があるわ」

「了解。しかし、罠が仕掛けてあるのを一目で見破るレーヴルも相当凄いよ」

まだダンジョンに入って一時間ほどしか経っていないけれど、もう十個以上の罠を回避している。

レーヴルはこのダンジョンに入るのが初めてだというが、罠の場所を正確に見抜いていた。

「罠を仕掛けるのにもコツがあってね、そこを把握していれば微妙な変化も見分けられるのよ」

経験に裏打ちされた観察眼ということか。

俺たちにはまだそこまでの経験がないので頼りになる。

道中でモンスターが出てくれれば今度は俺たちの出番だ。

ダンジョン内は基本的に、通路や小部屋で構成されている。

一本道で出会ったモンスターは俺とマティが魔法で集中攻撃することで漏れなく消し炭になった。

相手が一方向からしか攻めてこないのであれば、攻撃魔法は最大の威力を発揮する。

十数体のゴブリンがマティの『炎柱』一撃で倒れ、空を飛んできたインプはブレスレットによる魔法の弾幕で撃墜した。

「私が前に所属してたパーティーにも魔法使いがいたけど、ふたりとも彼より凄いわ。才能ってことなのかしらね」

「全部ふたりで片付けちゃうから、あたしの出る幕がないわ」

感心したように頷くレーヴルと若干つまらなそうなクルース。

何はともあれ順調だ。

今回のクエストは、ダンジョンの特定の階層まで行ってモンスターの素材を集めること。ゴブリンなどは害にしかならないが、中には薬や道具の素材として有用なモンスターもいるからだ。

「そろそろ目的地よ」

レーヴルから注意するよう声がかかる。

ダンジョンの比較的浅い層は探索も進んでいて、罠やモンスターの種類も解明していた。

とはいっても油断すれば命を落とす。

「む……どうやら来たみたいだ」

前方からドシンドシンと重い足音がきこえてくる。

今回のターゲットであるクレイゴーレムだ。

あれを倒して、その体の土を採集するのがクエストだった。

「ゴーレム相手ならあたしが活躍するチャンスもありそうだね！」

「あまり派手に動かれると誤射が怖くて援護できないぞ」

「魔力も十分です。いつでもいけます！」

「私も邪魔にならないよう、ちょっとだけ援護させてもらおうかしら」

それぞれ武器を構えゴーレムとにらみ合う。

そして、相手が一歩踏み出してきたのを合図に一斉に襲い掛かるのだった。


その日の夜、クエストは無事終了して報酬も受け取った俺たちはギルドの前で集まっていた。

「今日はありがとうレーヴル。初めてダンジョンに潜って良い経験が出来た。仲間になってくれれば頼りになると確信したよ」

「私のほうこそ面白いものを見せてもらって感謝してるわ。まさか、これだけ魅力的なパーティーがあるとは思わなかったもの」

「じゃあ、うちのパーティーに入ってくれるか？」

確信を持ちつつ問いかけると彼女は頷く。

「ええ、もちろん！　これからお願いねリーダーさん？」

「今まで通りアルムでいいよ。よろしく頼む」

俺とレーヴルは互いに手を握り合う。

こうして俺たちのパーティーに新しい一員が加わることになった。

「私は別に宿をとってるから、今日のところはお開きにしましょう。また明日からお願いね」

「いっしょに良い冒険が出来ることを祈ってるよ」

そう言って笑みを浮かべると、俺とマティ、それにクルースの三人も宿へ戻るのだった。


クエストで得た報酬を整理していると、コンコンと扉を叩く音がした。返事をすると、ドアを開けてマティとクルースが入ってくる。

「ふたりとも急にどうした？」

もう夜も遅い時間だ。明日はレーヴルと合流して今後の打ち合わせがあるので早めに就寝しようということになっていたはずだが、何か緊急なことでも起きたのだろうか。

俺の疑問に気がついたのか、マティが困ったように笑みを浮かべた。

「アルムさん、こんな時間にすみません。実は、クルースさんとお話をしまして……」

股に手をはさみながらモジモジと言いづらそうなマティ。その様子を見たクルースが喉を鳴らしながら言った。それは、まるで何か決意したような行動だった。

「あ、あたしたちさ……お互いにエッチしたことあるでしょ？　で、でも……その三人で……っていうのはないじゃない？」

「わたしもクルースさんと相談しまして、アルムさんを取り合うのではなく、仲間として仲良くできないかなって。せっかくパーティーなんですし、もっと仲を深めてもいいんじゃないかって」

言いたいことがわかってきたぞ。要は、3Pをしたいということか。

マティは貴族のお嬢様だけど、元々、伴侶と楽しむための性教育を受けていたほどだ。

この世界特有の倫理観かもしれないが、伯爵家の側室の娘だし、セックスそのものには独占欲とかは働かないらしい。

……それは、俺だってハーレムにはもちろん興味がある。

可愛いふたりとエロいことをするのはめちゃくちゃ興奮するだろうし、想像しただけですでに肉棒が硬くなり始めている。

クルースもかなりの美少女だし、中身がおっさんな俺には堪らないお誘いだ。

だけど――。

「ふたりの気持ちはわかった。でも、明日はクエストだろ？　正直、ふたりを同時に相手にしたら俺も我慢できなくて朝まで興奮し続けるかもしれないし」

「嬉しいことを言って下さいますね、アルムさん。わたしも明日のことなんか気にせず、みんなで快楽に溺れたいと考えています」

「じゃ、じゃあ……!?」

酒池肉林な状況を思い描いてしまい、思わず生唾を飲み込む。もはやクエストなんて気にせず、楽しいことすることに心が移ってしまいかけている。しかしそのとき、クルースが咳払いをした。

「でもさすがに私たちはパーティーを組んでまだ日が浅いし、クエスト前に激しいことはできないってなったの」

「え……？」

やっぱり、違ったのかな？

「なに、がっかりした顔してるのよ？」

露骨に表情に出てしまった俺を見て、クルースが睨みをきかせる。

「い、いや……その、ちょっと想像したら、とても魅力的だなって期待しちゃって……」

「わたしもその気持ち、わかります。ですけど、アルムさんに負担をかけるのは良くないと思って」

「まったく、このスケベには理性ってものがないのよ。会話だけで……ほら」

クルースが頬を赤く染めながら、俺の股間を指差す。こんもりと盛り上がっているそこを見て、マティも恥ずかしそうに顔を手で覆った。だけど、指の隙間からちゃっかりテントを見つめてしまっている。

「この状態じゃ明日にも支障が出るわ。だからね……今晩はあたしたちがすっきりさせてあげようって話してたの。ご、ご奉仕……してあげるから、ベッドに寝てよ」

「う、うん……」

クルースに押されるような形で俺は仰向けになって寝た。彼女も軽く体重をかけてくる。

「もうこんなにガチガチだなんて……アルムはヘンタイね」

ズボンの上から勃起しているアソコをツンツン指で叩いていく。

その僅かな振動だけでも感じてしまうくらい、俺の肉棒は我慢できないほどになっていた。

「クルースさん、あまりいじめてはいけませんよ。パンパンに腫れ上がって苦しそうですし」

「でもあたし、アルムのこれ、大好きかも♥ ずっと触っていたいくらいだし」

「わたしも好きですよ♥ いっしょですね」

「うん、じゃあ、ふたりで脱がせちゃおっか」

すっかり息の合ったふたりは呼吸を合わせて、

「「せーのっ!!」」

ブルン!!

俺のズボンと下着を完全に脱がせると、すでに皮が向けきった肉棒が飛び出る。赤黒く充血し、血管が太くなっている。鼓動に合わせて前後に揺れる様子は、まるで腕が一本生えてきたみたいだった。

「やっぱ、おっきいね……」

「それに太いですし、本当に立派なものをお持ちですよね、アルムさん」

ふたりとも発情してしまったみたいに、呼吸を荒くしている。

俺のものでここまで興奮してくれるなんて、男冥利に尽きるというものだ。

「セックスはできないから、口で奉仕してあげる。嬉しいでしょ？」

「あ、ああ……」

「クルースさん、わたしも早く舐めたいです。おしゃぶりしたいです」

「焦らないで、マティ。最初はいっしょに、だよ」

「はいっ！」

なぜか意気投合している彼女たち。いつのまにこんなに仲良くなったのだろうか？

クルースが根本のほうを掴んで、マティがカリ首のあたりを握った。ふたりは口から小さな舌を出すと、それぞれに俺の肉棒を舐め始める。

「あつっ……！　おちんちんが熱すぎて、舌がやけどしそう……。でも、あむっ……ちゅっ……！」

「れろっ……アルムさん、わたしたちのお口で、いっぱい気持ちよくなってくださいね♪」

そう言いながら、幹の部分をぺろぺろと往復してくる。

亀頭やカリ首といった敏感なところをいきなり攻めてこなくて助かった。もしいきなり頭から咥えられてしまったら、一気に発射していたかもしれない。

それにしても最高の眺めだ。この世界でもトップクラスに美人なふたりが、俺の勃起ちんぽを美味しそうにしゃぶっている。ふたりともよつん這いになり、尻を高く上げた姿勢で舐めてくるため、視覚からも十分に楽しむことができた。

「あーむっ！　ちゅぅっ♪　……アルム、興奮しすぎ。目がケダモノになってるよ？」

「あぁ……でもなぁ……くっ、こんなの初めてで」

絶世の美少女ふたりがかりのフェラに、思わず声が漏れる。

するとふたりはより積極的に、俺の肉棒を愛撫してくるのだった。

マティは手でしごきながら、先端を舐め回してくる。豊満なバストをすでに服から出して、俺の体に押し当てていた。

クルースはサイドの部分に舌を這わせて、根本をマッサージする。片方の手で睾丸も揉みしだいて、射精を促しているようだった。彼女もまた双丘を密着させるから谷間が深くなって、エロさが最高だった。

「ふたりとも……ああ……やばい……」

情けないことにすでに射精感が強くなってきた。まだ発射しないように奥歯を噛み締めて必死に我慢する。

その様子を見たマティが聖母のような優しげな笑みを浮かべた。

「アルムさん、我慢しないで下さい。出したら気持ちいいんですから」

彼女の言うこともわかるが、男としてあまり早く出してしまうのは恥ずかしいものがある。もう少し楽しんでから心置きなく射精したかった。

なんて思っていることがバレてしまったのか、マティがクスリと口元を歪めた。先ほどの聖母のような感じではなく、どこか悪女感すらある笑顔。

次の瞬間、喉奥が見えるくらい大きく口を開けたマティは、俺の勃起ペニスを根本まで飲み込んだ。先端からゆっくりとではなく、パクっとバナナでも頬張るように。

それを見たクルースもびっくりしていた。

「ちょ！　マティ、急に何して……！　抜け駆けはズルいって」

「ふぁまんふぇふぃなふて」

我慢できなくて、と言っているのだろう。

それにしてもお嬢様であるマティが大胆な行動に出たものだ。ねっとりした口内に包み込まれ、極上の快楽が全身に走る。喉奥にも入っているのでカリのところが引っかかり、我慢汁が止まらない。

何より、マティの顔がいやらしすぎるから興奮を抑えることができなかった。

品のいい顔が肉棒を根本までしゃぶったことで、鼻の下が伸びたフェラ顔になっている。

しかも上目遣いで見つめてきて、鼻だけで荒々しく呼吸をしていた。

「マ、マティ……それやばい……！　もう出ちゃう……！」

俺が悲鳴のような声を上げると、彼女は頬を窄めて強烈に吸い上げた。

「じゅぼぼぉぉぉぉぉっ!!」

お嬢様のものとは思えないバキューム音。これも侍女から覚えたのか……いや、もしかしたらマティという女の子の、これこそが本性なのかもしれない。

俺に見せつけるようにゆっくりと根本から先端に向かって唇を動かしていく。もちろん、その間もずっと上目遣いだ。俺は目を離すことができない。

「マティ、エロすぎ……」

隣にいるクルースも、うっとりした表情でマティの口淫を眺めていた。

「だめだ、そろそろ出る……！」

耐えていたかったけど、もう無理だ。金玉がきゅっと吊り上がって発射体勢を整えていく。快感の痺れが肉棒中に巡り、精液が駆け上がってくるのがわかる。

「口を離すんだ、マティ。もうイク……！」

ピンク色をした厚い唇がきゅっと引き締まる。さらに、カリ首を中心に激しいピストンフェラを繰り返していく。

「ジュボッ、ギュポ、ボブゥ、ンブッ、ジュブ！　ギュッポ、ギュッポ、ギュッポ……!!」

淫猥な水音のリズムがどんどん過激になっていく。美少女で上品なお嬢様であるマティの口から下品な音が出ているると思うと、俺は我慢することができなかった。

拳をぎゅっと握りしめながら腰を突き上げる。

「イ、イク……ッ!!」

ビュルルル、ドクドクドク、ビュクビュク!!

我慢に我慢を重ねた精液がマティの口内で発射される。一瞬のうちに彼女の頬がパンパンに膨らみ、驚いたように目を剥いた。

「マティ、苦しいなら吐き出して」

そういう俺の言葉を無視して彼女はずっと肉棒を咥えたままだった。意地でも吐き出さないのか苦しそうに眉根を寄せながらも精液をゴクゴクと嚥下していく。

ある程度、飲み終えて最後の一口になったところで、口内の精液を俺に見せつけてきた。

マティの口の中で舌によって精液が撹拌されていく。唇を閉じて味わったあと、ごっくんと喉を鳴らしてすべて飲んでしまった。

「ふぅ……おいしかったです……」

「マティ、激しすぎるよ。俺のが抜けるかと思った」

「すみません。あまりにもアルムさんのおちんちんがエッチだったので、夢中になってしゃぶってしまいました」

「でも、最高に気持ちよかった。ありがとう」

お礼を言った瞬間、クルースが肉棒を急に掴んだ。

「もう終わりじゃないでしょうね!? あ、あたしもおしゃぶりしたいんだからっ」

「いや、マティのおかげですっきりしたし、イった直後は敏感だから」

「知らないわ。はむっ!」

「おわっ!」

手で上下にしごきながら、クルースは先端を舌先で舐め回していく。感じやすくなっているけど、的確に気持ちのいいところを攻めてきてくれるので、俺の肉棒はもう硬さを取り戻していた。

「まだまだできるじゃない♪ あたしにも精液、飲ませなさいよ!」

楽しそうに笑うクルースは、根本から包皮を持ち上げてくる。仮性包茎な俺のペニスは、先端まで皮が被った状態になってしまった。

「あたし、アルムの皮を被ってるときのこれも好きなんだ。大きくなると剥けて、小さいときは被ってるなんて、かわいいよね」

皮オナみたいな感じで、包皮で包まれた状態でカリ首を刺激してくる。すると、クルースは舌先を出して、皮と肉棒の間に突っ込んでいった。

「れろ……んっ、レロレロ……♪」

皮の間に舌先が入り込んでいく未知の快感。うねうねと舌が上下に動きながら皮の隙間を進んでいく。一番深いところまで入り切ると、カリ首の段差を一周するように舐め回していった。

「う、お……！」

腰が浮いてしまうような感触に思わず声が漏れる。かさの部分を掃除するかのように動く舌は淫靡だった。クルースは性教育なんて受けていないと思うけど、持ち前の行動力がすごい。

「れろ……アルム、これ好きなんだね？」

「あ、ああ……気持ちいいよ」

「へぇ。じゃあ、マティの吸っちゃうのと、どっちが気持ちいい？」

「……ッ！」

そんなこと言えるはずがない。というより、答えることができない。

マティは口内全体を使い、クルースは舌先で的確に刺激してくる。ベクトルが違うだけでどちらも最高に気持ちいいのだ。

答えに窮していると、クルースの目元が歪んだ。対抗意識が燃えている。

「じゃあ、これはどう？」

さっきまでゆっくりだった舌先の動きが徐々に加速していく。カリ首や裏筋を攻めたローリングフェラに、俺は身体を震わせた。

「レロレロレロレロ……レロレロレロレロ……！」

吐息を混じらせながら、高速の舌さばき。先っぽで弾かれると裏筋がどんどん硬さを増していった。しかも、睾丸を揉みながら精液を昇らせようとしてくる。先ほど射精したばかりだというのに、俺の肉棒はもうイキそうになっていた。

皮越しに舌の動きがわかるから、それがたまらなくエロい。クルースという美女がしてくれると思うとさらに興奮してくる。

「ああ、う……クルース、出そう……」

「いいよ。出して！　あたしのご奉仕で出して！」

手コキも速度を上げ、茎全体も舐めながら、クルースは絞り出そうとしてくる。

耐えきれなくなった俺は奥歯を鳴らしながら、くぐもった声を漏らした。

「うっ!!　出る！」

一回目と変わらない量の精液が一気に発射される。クルースも一滴も零さないつもりなのか、口内に肉棒を咥え込みながら俺の精液を迎えた。

「アルムさん、気持ちよさそう……」

様子を見ていたマティもすっかり発情状態だ。

「クルースさん、わたしもまたいいですか」

位置を交代し、射精中のペニスをマティも咥えた。もちろん、クルースもまだ舐めている。

さながら俺の肉棒を間に挟んで、美少女ふたりがキスをしているみたいだった。目を閉じて、唇を密着させてくる。興奮したのか、精液を舐め取るためか、ふたりは互いに舌を絡め合っていった。

……うおぉ、なんという光景だ。可愛い女の子が俺のちんぽを挟んでディープキスをしている。

「クルースさん、いっぱい取りすぎです」

「マティこそ多いでしょ」

お互いに精液を取り合い、じっくりと味わっている。

次第にそれは加速していき、再び二つの舌先がカリ首や裏筋を刺激していくのだった。

「ふたりとも、そんな激しく……も、もう、ダメだ……っ」

俺は情けない声を出しながら、もう一度射精をしてしまう。

「ああっ、うっ！」

ドロリ、と濃い目の精液が垂れて肉棒を伝っていく。マティとクルースはそれを逃さないように綺麗にしゃぶってくれた。

射精が終わった肉棒は、ふたりの唾液にまみれてテカテカと光り輝いている。

三回の射精で急激に疲労に襲われてしまった俺は、意識が朦朧としてきた。

「アルムさん、気持ちよかったですか？」

「あたしたち、最高だったでしょ？」

満足気なふたりを見ながら、俺は頷く。

これだけ気持ちいい思いができたんだ。明日も頑張れるだろう。

◆　◆

レーヴルが新しく加わったことでパーティーの選択肢は更に広がった。

彼女の盗賊としての技術は一流だ。

モンスターの討伐クエストでも、今までは探知アイテムに頼りつつも基本的には闇雲に探し回っていたが、彼女のおかげで正確にターゲットを追跡することが出来るようになった。

隊商の護衛任務では敵の襲撃をいち早く察知し、待ち伏せに適したポイントまで教えてくれる。

それ以外でも、今までの冒険者としての経験が多くの助けになってくれた。あれば役に立つ装備や野営のコツなど、今まで気が回らなかった部分も彼女の助言で改善している。

単純な戦力以上のメリットを、パーティーに与えてくれていた。

もちろん、俺たちもそれに応えられるよう頑張っている。

いくつものクエストをこなして、俺とマティはついに先週Bランクへ昇格していた。

全員がBランクになったことで受けられるようになったクエストもあり、稼ぎは上々だ。この調子なら、そう遠くない内にパーティーのための拠点を買うことが出来るかもしれない。

普通のパーティーならクエストの度に買い足す消耗品のいくつかを、俺の付与魔術で代替できるので、コスパも良いのだ。

「レーヴルはこれ以上ないくらい魅力的な仲間になってくれた。俺もお返しはしたいけど……」

昨日クエストを終え、今日は休日。

俺は付与魔術の触媒を買いに街へ出ていた。

「仲間は出来るだけ強化したいな。うーん、でもまだ早いかな？」

実は、レーヴルにはまだ付与魔術の全力を見せていない。

仲間になったとはいえ、まだ一ヶ月も経っていない。

それに、出会ったときの印象で、レーヴルが少し計算高い気もしていた。

その辺りを見ていたクルースにも、忠告されたからだ。

俺やマティは対人関係がそこまで得意でないので、彼女の忠告はありがたい。

クルースはいくつものパーティーに入った経験があるから、俺たちより気付くことが多いようだ。

「でも、レーヴルの能力を最大限生かすには俺の付与魔術が必要なはずだ。帰ったらマティとクルースに相談してみるか」

そんなことを考えながら歩いていると、不意に視線を引かれた。

何だろうと見てみると、そこにはレーヴルの顔がある。

「レーヴルも買い物かな？」

しかし、そんな考えはすぐ改めざるを得なくなった。

彼女の周囲を数人の男が囲んでいたからだ。

「あの男たち見覚えがあるぞ。あれは、あのときの戦士たちじゃないか」

以前ギルドで俺とレーヴルの間に割って入ってきた奴らだ。

どうやらまた彼女に絡んでいるらしい。

パーティーの中では誰より身軽で素早いレーヴルだけれど、流石に周囲を完全に囲まれていては逃げられないようだ。

「こいつは放っておけないな」

すでに彼女は俺たちの仲間だ。全力で助け出すしかない。

俺はバッグを漁ると一つの指輪を取り出した。

この指輪には『気配遮断』の魔法を付与している。

文字通り自分の気配を消すことで、接近しても相手には気付かれない。

街の通りには人が多く、人混みに紛れて『気配遮断』を使えばさらに完璧だろう。

俺は指輪を嵌め、魔法を発動させるとレーヴルのほうへ近づいていく。

近づくにつれて男たちと彼女の会話が聞こえてきた。

やはりあのときの戦士が、まだしつこくレーヴルを勧誘しているようだ。

「おい、あんな奴らのパーティーはやめて俺たちの所へこいよ。悪いようにはしないからさ」

「生憎だけど、私はあのパーティーが気に入ってるの。女の子も多いし」

「なんだ、友達にでもなったのか？　じゃあ他の女たちもいっしょで良いぜ。男は付与魔術師なんだろう？　戦いじゃ役に立たねえよ」

戦士の言葉に思わずムカッとしてしまう。

レーヴルだけでなく、マティたちまで引き込もうとするなんて許せない。

最初はレーヴルだけ連れて逃げ出そうと思っていたけれど、計画変更だ。

男たちには少し痛い目にあってもらう。

俺が懐から取り出したのは木の棒だ。

そこら辺で拾ったものじゃなく、きちんと形を整えてある。

これには『電撃』の魔法を付与していて、威力を調節することでスタンガンのように扱える。

「よし、やるか」

小さくつぶやくと、棒を手に持って男たちに忍び寄る。

まずはリーダーの戦士がターゲットだ。

相変わらず筋骨隆々の立派な体躯で少し羨ましくなる。

冒険者の前衛というのはえてして頑丈で、ちょっとやそっとの攻撃じゃビクともしない。

重装備を身に纏っている場合も多いから、スタンガンで倒すには直接肌が露出している場所に押し当てる必要がある。

だから一番タフそうで、肌の露出面積も少ない戦士を、真っ先に狙う。

『気配遮断』のおかげで近くまで寄っても、気付かれていない。

俺は木の棒をそっと伸ばすと、腰に当てている手に軽く押し付ける。そして『電撃』発動。

「ギャッ!?」

短く悲鳴を上げて戦士が倒れる。

「な、なんだ!?」

「わからん!　いきなり倒れて……おい、どうした!」

リーダーがやられて混乱しているようだ。

だが『気配遮断』が発動している上に人混みも近いのでこっちの存在はバレていない。

俺はそれから、男たちをひとりひとり静かに制圧していった。

その場に残ったのは、突然周りの男たちが倒れて困惑しているレーヴルだけだ。

「災難だったなレーヴル」

全員制圧できたことを確認すると、俺は『気配遮断』を解除して声をかける。

その時点で初めて俺の存在に気付いたようで、たいそう驚いていた。

「アルム!?　もしかして、全部あなたがやったの？」

「ちょっとしたアイテムを使ってな。殺しちゃいないよ」

「安心したわ。いくらなんでも死人が出るのは拙いものね」

「とにかくここを離れよう」

「それが良いわね」

レーヴルとふたり、速足で現場から離れる。

ようやく人混みが少なくなってきたところまで来ると一息ついた。

「ふぅ、ここまでくれば大丈夫かな」

「そうね、盗賊でも追っては来れないでしょうし」

レーヴルがそう言うなら安心だろう。

「まずは助けてくれてありがとう」

「仲間が困ってるなら、助けるのは当たり前だ」

あのまま放置していれば、男たちはレーヴルに手を出していたかもしれない。

彼女が無抵抗で捕まるとは思えないけれど、囲まれた状態からひとりで逃げるのは厳しいだろう。

最悪の事態になる前に見つけて、助け出せたのは幸運だった。

「でも、どうやってあいつらを制圧したの？　私でもまったく気配が感じ取れなかったわ」

「これを使ったんだよ」

そう言って指輪を見せる。説明するために、これくらいは教えていいだろうと思ったからだ。

「これは？」

「『気配遮断』の魔法を付与してある。俺でも奇襲が出来た理由だよ」

そう言うとレーヴルが目を丸くする。

「それ本当？　凄いわ、風属性の精霊魔法でないと出来ないことが指輪一つで……」

気が付けば彼女の目が輝いていた。

「アルム、よければこれ、私の分も用意してもらえないかしら？」

「えっ？　そうだな、どうしても必要なら作ってもいいけど」

「あればすごく便利よ！　モンスターに気付かれずに奇襲や偵察ができるんだもの」

「レーヴルなら使いこなせそうだな」

『気配遮断』はあくまで気配を消すだけなので、姿までは消せない。

けれど、盗賊として優れているレーヴルなら俺以上に使いこなせるだろう。

「あまり量産しちゃいけない類《たぐ》いのものだから、慎重に考えるよ」

万が一流出してしまって暗殺に使われたりしたら目も当てられない。

「大丈夫よ、とは言い切れないわね。何事も絶対はないし」

そう言って苦笑いするレーヴル。

彼女も、これが単に攻撃魔法を付与したアイテムよりずっと厄介なものであるという認識はあるようだ。無理にでも欲しいと言われなくて安心した。もし求められていたら、少し彼女に不信感を抱いてしまったかもしれない。

そこでいったん話を打ち切り、話題を切り替える。

「アルムは買い物だったかしら？」

「ちょっと付与魔術の関係で、入り用なものがあってな」

俺はこの世界に来てからずっと、その辺にあるものを拾って適当に魔法を付与していた。

これは俺が普通の付与魔術師と違って、すぐに魔法を付与できるからこそだ。

けれど、立派な冒険者になったんだから、いつまでも小石や木の枝を振りかざして戦ってはいられない。見栄えが悪いと、他の冒険者に舐められるかもしれないからだ。

ある程度恰好をつけることは必要だとクルースも言っていた。

「アルムの付与魔術は独特だものね。触媒も特別な何かが必要なのかしら？」

「まあ、それは秘密さ。商売道具だからな」

「確かにそうね、秘密は知っている人間が少ないほど良いもの。私もいくつか抱えているし」

悪戯っぽく小さな笑みを浮かべるレーヴル。そんな表情も魅力的に見える。

元々美人だけど、こうして近くで接しているとついつい見とれてしまいそうになる。

あの戦士がしつこく言い寄っていたのも、単に彼女が優秀な盗賊だからじゃないだろう。

男なら誰もが一晩くらい相手をしてほしいと思うはず。

とはいえ、本来こういった感情はあまり仲間に対して抱いちゃいけない。

まあ、すでにマティやクルースと関係を持ってしまっている俺が言っても説得力はないけれど。

そんなことを考えていると、再びレーヴルに声をかけられる。

「今日はお休みだけど、返ったらマティやクルースと過ごすのかしら？」

ちょっと意味ありげな視線だった。

「いや、あのふたりは今日は出かけてるはずだよ……」

なんとか自然とそう返す。

「マティは親元に手紙を書きに行って、クルースは武器の整備とちょっとした仕事を片付けてるんだ。ふたりとも夜は遅くなるって言ってたかな」

「へえ、なるほどね……」

レーヴルが少し考え込むようにつぶやく。

「なら、この後いっしょに夕食を食べに行かない？」

「レーヴルの誘いなら喜んで行くよ」

「ふふっ、嬉しいわ。最近美味しいお店を見つけたの」

彼女の行くところなら間違いないだろう。

思ったとおり案内されたお店はとても美味しく、素晴らしい夕食で満足できた。

それからふたりで宿へ帰る。

もともとは別の宿に泊まっていたけれど、利便性や経費削減のために新しい宿へ移ったんだ。

それほど広くはないものの、全員が個室に泊まっている。

これも冒険者として活躍できるようになって、収入が安定したからだ。

部屋につくと、中へ入る前にレーヴルが声をかけてくる。

「おやすみなさいアルム。アイテム作りに夢中になって、あまり夜更かししないようにね」

「ああ、分かってる。おやすみレーヴル」

「ふふっ……もっと貴方に認められて、秘密も教えてもらえるように頑張らなくちゃね」

「い、いや、もう充分に信じてるよ。仲間に入ってくれてありがとう、レーヴル」

そう答えると、嬉しそうに微笑んでくれる。しかし去り際に、なんだかちょっとだけ意味ありげな視線を送ってきた。まあとくに気にせず、俺も自分の部屋へと入る。

部屋の中に入るとさっそく買ってきた材料を机に広げ、アイテム作りに励むことに。

そうしてしばらく働き、一段落すると、俺はベッドに横になる。

目をつむると思い出すのは、先日のダブルフェラのことだった。

自分はただ寝ているだけで、美少女ふたりに肉棒をしゃぶらせるのは最高の快感だった。

当然、肉体的にも素晴らしいものだが、心の愉悦もすごかった。

「やばい……勃ってきた」

思い出しただけ勃起するんだから単純なものだと自嘲してしまうが、この世界の女性たちは皆、露出度の高い服を着て平気で街を歩くため、どうしても溜まってきてしまうのだ。しかも、パーティーには美女たちがいっぱいいる。普段はそこまで意識しないよう俺なりに我慢しているが、こうして寝る前にリラックスする時間が訪れると、どうしてもエロいことを考えてしまう。

マティやクルースが今日も来てくれればいいのだが、生憎とふたりとも近くにはいない。

情けないが、このまま収まることもない気がするので、ひとりで抜くかどうかちょっと悩む。

ふたりとの記憶だけでも、オカズには困らないけれど……。

自室で気が緩んでいたのだろうか。

なんとはなしにズボンを脱いで、勃起したペニスをぽろりと取り出してしまう。

――すると。

涼やかな声音が突然、聞こえてきた。

「あら、お邪魔しちゃったかしら」

目の前にいるのは、赤髪の美女――さっき別れたばかりのレーヴルだ。

お姉さんな言動そのままのナイスバディをしていて、肌の露出が多い服を着ている。

何より、彼女の小顔よりも大きなバストに目が行ってしまい、欲情していた俺は、そこに釘付けになってしまった。

「ふふ♪　ムラムラが我慢できないって顔だね。私のおっぱいばかり見て、アルムって、思ったよりもスケベそうね」

「って、なんでレーヴルがいるんだ!?」

俺は思わず股間を隠しながら彼女を睨みつける。

いつの間に部屋へ入ってきたんだろうか？

俺とは違って『気配遮断』を使っていないはずなのに、まったく気付かなかった。

さすがは、本職の盗賊だ。

「ちょっとだけ、実力を見て貰おうかと忍び込んだんだけどね。まあいいじゃない、そのまま続けても。あなたがシコシコするところ、見ていたいわ」

「誰が見せるか！　くそ、勘弁してくれよ」

綺麗な女の子とエロいことをするのは大歓迎だけど、オナニーしているのを観察されるのは、さすがに恥ずかしくて出来ないよ。動揺している俺を見て、レーヴルは妖艶に口元を歪めた。

「ふたりがいないから、寂しいのよね？　ね、どうせ気持ちいいことしたいなら、私といっしょにしない？」

「ッ!?」

唐突な発言に俺は言葉が止まってしまう。

これは何かの罠か。美人局《つつもたせ》的な……。

レーヴルのような美女がいきなり俺をお誘いするなんて、何か裏があるはず。

逡巡していると、彼女はクスリと笑った。

「別に思惑なんてないわ。私もね、昼間助けてもらってからずっと、アルムが気になっちゃって。お互い大人なんだし、気持ちいいことしたっていいじゃない」

「……そんな」

「それに冒険者をやっていれば、こんなことよくあるわ。旅先で出会った人と一夜を過ごしたり、名前すらも知らないまま別れることだって。それと比べたら私たちは十分にロマンチックじゃない？」

レーヴルの言うことも一理あると思う。ここは現代日本ではない。

法律だって違うし、倫理観だって違う。確かに、冒険者は常に命の危険が隣り合わせの職業だ。

血の気の多い者も多い。そういった意味では欲望に忠実になるのは悪くない。

「あのふたりともシてるんでしょ？　私ともエッチしてほしいわ」

俺はレーヴルの体を上から下まで見つめた。

赤髪は美しいウエーブがかかり、目つきは鋭く、大人の色気を醸し出している。片手じゃ収まり切らないほどの巨大なバストに、抱いたら折れてしまうのではないかというくらい細い腰。

ふともも肉付きがよく、健康的だ。

こんな素晴らしいボディを目の前にして、我慢なんてできるわけがない。

「ふふ、決めたって顔ね。これからお互いの欲望をさらけ出して、いっぱい気持ちよくなりましょ」

レーヴルがベッドの上で、俺に覆いかぶさるように迫ってきた。腕を頭の後ろに回し、顔を近づける。

近距離で見つめ合う俺たち。

その綺麗な瞳に吸い込まれそうになりつつ、俺は自らの昂《たかぶ》りを抑えることができなかった。

「かわいい顔♪」

唇が重なり合う。そのまま離すことなく、食みながら、やがてキスが深くなっていった。

最初はお互いに気を使うように、ゆっくりと距離を縮めていくような口づけだったが、それは数秒のこと。キスした瞬間、お互いの相性がわかったのか、俺たちは言葉を発することなく、舌と舌を絡め合った。

じゅぶじゅぶ、と唾液が交わる音が聞こえる。吐息が重なり合い、水音が響いていった。

相手を慮《おもんばか》るような愛撫ではなく、ただひたすら自分が気持ちよくなるだけにディープキスを繰り返していく。

時折、舌先を吸ったり、上顎をなぞったりすると、レーヴルは感じたように声を漏らした。

「あんぅ、ちゅう……んっ。見かけによらず……上手じゃない」

「そういうレーヴルは、手慣れている感があるな」

旅先でいつも、こうして男を誘っているのだろうか？

転生で若返った特権だ。年上の経験豊富な美女に攻められるというのも悪くない。

「んっ、んん……ああ、もう。我慢できなくなってきたわ」

レーヴルは勃起した肉棒を握ってくる。指で輪っかを作りながら、大きく上下にしごいていった。

「最初から立ってるもんね。アルム、早く入れて……アルムの好きなようにしてほしいの」

淫靡な誘いに、俺の理性は吹き飛んでしまった。

レーヴルの上着を強引に剥いでいく。すると、ブルンと左右に揺れながら豊満な果実が姿を現した。服の上からでもかなりのボリュームだったが、生で見ると迫力がすごい。すでに乳首が勃起していて、乳輪は艶やかなピンク色をしている。

「ちょっとぉ、いきなりすぎじゃない？　でも、そういうところも好きかも——あんっ！」

いやらしい勃起乳首を目の前にして吸わずにはいられない。俺は先端の蕾にしゃぶりつき、舌で激しく弾いていった。街の男たちを惑わす爆乳は、予想以上に美味だ。

「あんっ、すご……っ。こんな、んんっ、激しく……ッ。あんっ、気持ち、いい……！」

片手で胸を揉みしだき、もう片方の手はショートパンツの金具に当てる。さっとボタンを外して、ショートパンツを脱がしていった。レーヴルの下着は、ほとんど布の面積がないほど小さいものだった。Tバックタイプで、お尻にきゅっと食い込んでいる。このほうが動きやすいのだろう。

黒くセクシーなパンツに手を入れると、すでに蜜壺は大洪水だった。

「ヌルヌルだ……」

「恥ずかしいから……言わないでほしいわ……」

「キスだけでここまで濡れたのか？　よっぽど、えっちしたかったんだな」

「ふふ、キスもやばかったけど、それだけじゃないわ」

「え？」

一体何があるというのだろうか。

「あなたと同じよ。私も寝ようと思っていたんだけど、アルムのことを思い出しちゃってね……。あなたのことを考えながら、自分でしたくなってしまって……」

「そ、そうなの？」

「でも、やっぱりそれじゃ、寂しいじゃない。もう仲間なんだし。それで思い切って、あなたに夜這いをしようと思ってやってきたってわけ」

少し悪戯っぽく言うと、レーヴルははにかんだ表情になる。

まさかそこまで、俺のことを考えてくれていたなんて……。こんな美女に慕われるとは驚きだけど、もちろん嬉しい。

「だから、もう焦らすのはやめて……。大丈夫だから、早く……入れてぇ……」

指を膣内に入れると、たっぷりと湿っていて、きゅうきゅうと締めつけてくる。まるでアソコも俺のものを望んでいるような反応だった。

「興奮しちゃって優しくできないけど、いいか？」

「男はケダモノ……ですもんね。うん、あなたの私への欲求を見せつけてほしいわ」

「そこまで言うのなら……ッ！」

「きゃっ」

レーヴルを抱きかかえたまま、俺はベッドに横になる。背面即位の体位になり、レーヴルの脚を広げてから膣口に充血した亀頭を当てた。

「あうぅ……！　ちんぽ、ギンギンじゃない。その太いの……なんだか、欲しくなっちゃうね」

「俺もレーヴルの中に入りたい……ッ！」

全て脱がして、後ろから密着する。腰を押し当て、肉棒を挿入していくと……。

あれ……？

これだけ濡れているんだから一気に根本まで入るかと思ったけど、カリ首の一番太いところで止まってしまった。この感触、マティやクルースのときにもあったような……。

そう、まだ誰の肉棒も入れたことがない、未開通の穴の感触だ。

「もしかして、レーヴル……？」

「わかっちゃった？　そう、私……初めてなの」

「嘘、だろ？」

「嘘じゃないわ。男に誘われることは何回もあったけど、全然興味が持てなくてね。だから……男の人とは初めてなの」

手慣れている感じがしていたから、経験豊富なのかと思ったけど違ったのか。

「もう！　処女なのに夜這いしようとか、根っからの淫乱だって思ったでしょ？　今まではセックスで解消しなくてもいいと思ってたんだけど、あなたを見たら我慢できなくなって……ね。男のあなたならわかるでしょ？　したくなっちゃう気持ち」

「あ、ああ」

まさに今がそのとおりだ。

「だから、そのまま……してほしい。止めてくれたおかげで、もう馴染んできたみたいだし……」

レーヴルの言うとおり、穴の緊張がほぐれてきたみたいだ。俺はあまり痛くないように、慎重に挿入していく。亀頭をまるっと入れたところで、ぎゅっと膣内が収縮してきた。彼女の蜜壷が俺のものを出迎えているみたいに。

「もう大丈夫。一番太いところは入ったから……早く奥までアルムを感じさせて。ゆっくりじゃなくていいからね♥　もう無理なの……先っぽだけじゃ、むしろ辛いわ」

初めての女性にここまで言われてしまったら、期待に応えるしかないな。

俺はレーヴルの腰を掴んで、根本までパンと突き入れた。

「はぁぁんっ！　入ってきたわぁ……アルムのが私の中に……来てくれてる♥」

「う……すごい締めつけだよ。すぐイキそうだ……」

「ううん、もう少し我慢して」

「じゃあ、腰を揺らすのをやめてくれよ」

挿入した途端、レーヴルがお尻を振ってきたのだ。なんという適応力だろうか。

肉付きのいいお尻を密着させて、自ら動いていく。さながら、俺のものをディルドに見立てたオナニーのようだ。

「カリが太くて、すごく気持ちいいわね……！　あんっ、だめ……すぐイっちゃいそう……！」

「レ、レーヴル？」

「イ、イクぅ……！」

ビクン、と大きく揺れて、彼女は絶頂した。処女でもこんなふうにイけるとは。

これは、成長したらほんとうにエロいお姉さんになってしまいそうだな。

「き、気持ちいい……っ！　アルムのおちんちん、好きかも……。私、アルムがいないと生きていけなくなっちゃうかもね……ふふっ」

可愛いことを言ってくれるな。

そんな言葉を投げかけられてしまったら、俺のタガが外れてしまう。

「レーヴル、先に謝っておくよ。本気でするからね」

「うん！　いっぱいして……。私にいっぱい出して、アルムも気持ち良くなってほしい。初めての想い出、たくさんちょうだいね♥」

やばい、興奮する……。こんな美人のお姉さんに、おねだりされるなんて……。

俺は遠慮なくピストンを繰り返した。爆乳を鷲掴みにしながら、尻肉が波打つくらい激しく打ち込んでいく。パンパンという、肉と肉がぶつかる音がどんどん大きくなっていた。

「すご、すごい、わ……！　なんて、激しいのっ！　あんっ、奥まで入って……出入りを繰り返して……っ！　私、イクっ！　イってるぅ！　イってるわ！　もっと……もっと……ぉ！」

「レーヴルの中、絡みついて、くるよ……」

「あんっ、また太くなったわね♪　イキそう？　これって、射精しそうなの？」

「ああ、そうだ。締めつけがすごいから、もう我慢できない……っ」

「うん、出して、私の中にいっぱい出してほしいよ！　あのふたり以上に、たくさんしましょうね！　アルムぅ♥♥♥」

処女のキツい膣内が慣れない蠕動運動をして、ぎこちなくも俺の精液を搾り取ろうとしてくる。

「ぐっ……！」

もっと我慢していたかったけど、レーヴルのエロさに耐えきれず、願い通りに思いきり射精した。

ドクドクと汚れない膣内に真っ白な精液を、俺が一番乗りで吐き出していく。

「で、出てる……わ！　熱い子種が、たっぷり……これがそうなのねっ♥」

「ああっ、出る……！　腰、止まんないよ……！」

気持ちよすぎて、射精しながらも腰を振っていく。ずっと快感が続くから、射精しても勃起が収まることがない。気がついたら二回目の射精がそろそろ近づいてきていた。

「ちょっ、とぉ……！　犬みたいに、腰振ってぇ。私のおまんこがそんなにいいのかしら？」

「あ、ああ……吸いつきがよくて、抜くことができないぐらいだ」

「私もアルムのおちんちん、気持ちいいよ！　うん、いいよ、また出して!!」

「イクっ！　くぅ……」

二回目の射精。でもまだ収まることはない。

パンパンとリズミカルに音を響かせながら、今しか楽しめない美女の初穴を思うまま突いて、俺はバカみたいに腰を振った。

レーヴルの豊乳を揉みしだき、乳首をこねくり回していく。彼女は乳首を攻められるのも好きらしく、甲高い嬌声を上げながら身悶えていた。

乳蕾を刺激すると膣内も反応し、さらに快感が増していく。

処女だったし、スレンダーなレーヴルは元々の締めつけもかなり良いようだ。快楽を与えることで、それがさらに収縮していった。

「ああんっ、んっ、あんぅ！　私、イク……！　イってるわ！　さっきからずっとイキっぱなし！」

「もっと叫んで。レーヴルももっとイって！」

「イクイクイクぅぅ!!　イってるっ！　アルム！　ああっ、イクぅ！　あなたで、もう一回イク！　まだイクぅぅぅ！！！！」

声も体もアソコも、ほんとうに最高の美女だ。誰もが憧れるのは間違いじゃない。

すでに二回中出ししているのに、また射精しそうだ。陰嚢が発射体勢を整え、精液がせり上がっていくのがわかる。肉棒も硬さを増して、ビクビクと震えていた。

「レーヴル、出すよ」

「うん、出して！　私のおまんこに……アルムのせーえき、飲ませてぇ！」

「で、出る……！　何度でも……出すぞ！」

「私も……イクぅぅぅぅぅッッッ!!」

ドビュルルルルルルルルル!!

特濃な精液がレーヴルの膣内を満たしていく。彼女は弓なりになって悶えながら、ピクピクと痙攣していた。口からだらしなく舌が出てしまっているし、ろれつが回っていないようだ。

「すご、いわ……。初めてなのに……最高のおちんちん……私、見つけちゃったかも」

ちょっとやりすぎてしまったかもと思い、反省する。

それと同時に激しいセックスのおかげで、体にかかった負荷が今さら現れる。

俺は眠気に襲われ、緊張がほぐれたこともあって、わずかに意識を落してしまうのだった。

はっと目を覚まし、俺は自分が眠ってしまっていたことを理解した。

今、俺は横になっているのだが、後頭部のあたりに柔からい感触がある。ふと上を見ると、にっこりと笑ったレーヴルがいた。

俺は全裸だが、彼女はすでに服を着ている。どうやら彼女だけ先に起きて、着替えを済ませたらしい。俺はレーヴルの膝枕で眠っていたということだ。

「あら、お目覚め？」

「少し寝てしまったみたいだ。まだ夜か？」

「ええ。二時間程度眠っていたわ。まあ、私も一時間くらいは意識を失っていたけど」

ふふ、と笑うレーヴル。冷静に考えると、こんなに綺麗な彼女と激しいセックスをしてしまったのだ。流れ的に我慢できなかったとはいえ、いい思いをしてしまったな。

彼女の乱れた姿を思い出すと、また下半身に血が集まっていく。三回も射精をしてクタクタになったはずなのに、少し睡眠を取ったら、もう元気になっていた。我ながらすごい性欲だ。

いや、レーヴルのエロさがすごいのか……？

「私とのエッチを思い出したの？　元気になっているわよ」

「バレたか……。まあそのとおりなんだ」

「じゃあ、収まるまでまた、気持ちいいことしましょうか♪」

ほんとに？　やった。

レーヴルのほうもその気なのか、自ら上着をズラして巨乳を露出した。

「おっぱい、触ってみて。可愛いアルムに、赤ちゃんみたいに乳首にも吸いついてほしい♥」

レーヴルが胸の頂《いただき》を俺の口元に近づけてくる。すでに勃ち上がっている乳首にしゃぶりつこうとしたそのとき……。

「あんたたち、何してるの……？」

ドスの利いた声を耳にして、俺は声のほうを向いた。

そこには、仕事を終えたクルースの姿が。

やばい……！　まさかこんなタイミングで戻ってくるなんて……!?

俺は慌てて身を起こす。

「へえ、アルムはあたしたちが出かけている間、その女と気持ちいいことしてたんだ」

「い、いや……それは」

もうこうなったら……。

セックスまでしていたという証拠はない。これから始まるんだ、という流れに持っていき、クルースも巻き込むことにしよう。彼女もえっちは好きだから、乗ってくれるといいが……。

「えっと、実は俺たち……今から……そうだ、クルースもいっしょにどう？」

おかしな状況だとは思うが、あくまでも平然と言う。しかし――。

「嘘」

秒で見破られた。まあ、そうだろうな。

「う、嘘じゃない！」

それでも、俺は必死に取り繕うが、

「嘘よ。だってアルムの匂いがするのもの。部屋に充満しているってことは、結構激しくしたみたいね」

クルースは鼻を鳴らす。

「いっぱいしたんでしょ！　アルム！」

こ、これはもう言い逃れできないな。

「う……。まあ、そ、そのとおりだ」

「はぁ……」

クルースは大きくため息をついた。

「アルムの性欲を考えれば、レーヴルみたいな美人に我慢できないことは想像ついたけど、どうして嘘なんてつくの？」

「その、クルースに、今は嫌な思いをさせたくなくて、つい」

「あたしのためってことね……。行動としては褒められたものじゃないけど……まあいいわ」

なんか許しが出た。よかった……のかな。

「エッチな匂いを嗅いでたら、あたしもその気になっちゃったし……」

「えっと、クルース……どうして脱いでいるの？」

もうパンツまで脱いでしまっている。本当に、彼女もしたくなってしまったのだろうか。

嬉しい展開だが、この流れはちょっと恐ろしい。なにをされるか分からない。

「が、頑張って働いたのに。帰って早々にあんたのいやらしい匂いのせいで、その……い、いいでしょ！」

「そ、それってどういう」

「もう！　アルムは横になってればいいのよ♪」

クルースの黒みがかった笑みが怖くて、俺はベッドに仰向けに寝る。

「レーヴルに膝枕なんてされて、喜んで……。ほーら、赤ちゃんなアルムは、ここをいっぱい舐めてね」

「んぐっ!?」

完全に露出されたクルースの美尻が、俺の顔面に乗っかかってくる。

お仕置きだとでもいうように、顔面騎乗位の体勢になって、彼女が濡れた蜜壺を押し当ててきた。

真っ白なお尻の割れ目に顔が挟まる。柔肉が頬に当たって心地よい感じがしたが……。

「く、クルース！　アルムに舐めさせる気なの!?」

レーヴルも、クルースの突然の行動に圧倒されているようだ。

「あたしだって……これじゃ我慢できないし。それに、前にマティといっしょにご奉仕したときに、ちょっとだけ思っちゃったんだ。こんなふうにあたしも、アルムに舐められたら嬉しいかなって」

「それにしても……」

「あ、あたしだって女の子だから、恥ずかしさはあるよ？　だけど、アルムを見てよ」

「あ……！」

レーヴルが驚いたような声を上げた。

きっと赤髪の美女も、気がついたのだろう。俺が顔面騎乗されて、ギンギンに勃起してしまっていることを。クルースの汗と愛液の匂いが混じり、尻肉の感触もたまらないから、すっかり興奮してしまった。このままクルースの雌穴を、しゃぶりつくしたいとさえ思う。

俺はクルースの桃尻を寄せて、舌を伸ばした。

「あんぅ……アルムの舌、入ってくるぅ」

すでに蜜壷は熱くなっていて、舐めても舐めても愛液が出る状態だ。小さい穴なので、舌を入れてもきゅうきゅうと締めつけてくる。この締りでしごかれたら一瞬のうちに射精してしまいそうだ。

「はぁんっ、んんっ、あんぅ、くんぅ……！　アルム、激し……いっ！　舐めろって言ったけど、いきなりじゃ……あんっ」

夢中になって吸引をする。こんなに濡れているんだぞ、と伝えるように、じゅぶじゅぶと卑猥な水音を響かせてやった。

「はぁっ！　だ、だめ……！　激しい、の……イクからっ！　アルムにペロペロされてイっちゃうのぉ！」

クルースの膣内が痙攣しているのがわかる。

「あんっ、イクゥ！　イクゥゥ！　舌でイかされちゃうっ！」

腰を浮かせながらクルースが絶頂する。イったばかりなので敏感になっているのか、俺の口元から離れようするが、逃さない。蜜で溢れた穴を吸い尽くしてやるんだ……！

「ちょ、ダメっ！　ダメだってぇ。イキっぱなしになっちゃうからぁ……。んもぉ！」

反撃をするつもりなのか、クルースが俺の肉棒を握った。

「それなら、あたしも舐めるからね！」

体を前に倒したクルースが、勃起竿を飲み込んでいく。

一気に根本まで口内に入れて、負けじとバキュームしてきた。

「じゅぶぶぶぶっ!!」

カリ首を喉で締め、根本を唇でしごいていく。シックスナインの体勢になった俺たちは我も忘れてお互いにしゃぶり合っていた。

「あ、待ちなさいよ！　ぜんぶ取るつもり！」

不満げに、レーヴルが静止に入る。

「私も混ぜてほしいわ。あなたたちだけで楽しむのはダメよ♥」

「ふぉふぃふふんふふふんふふ」

フェラしながらのため何を言っているかわからないが、おそらく「アルムのちんぽはあたしのもの」とでも言っているのだろう。

乱入したクルースからしたら、今は自分のターンだと思っているのだと思う。

まあ、とつぜん横取りされたレーヴルからしたら、フラストレーションが溜まってしまうのもおかしくない。

彼女は、クルースにフェラをやめさせようとする。

もちろん、クルースはフェラを続けるために、吸引を強くして俺を放さない。

「う、あっ！　それ、やばい……！」

強烈なバキュームから無理やり引き抜こうとしているのだ。肉棒が取れてしまうような刺激が伝わり、一気に射精感が強くなる。

「クルース！　あなた、なんていう顔をしてるの！　フェラで、とんでもなくエッチな顔になってるわ」

さすがのレーヴルでも驚いている。凛々しい女剣士がこんなにもエッチだなんて、思ってもいなかったのかもな。冒険仲間の意外な一面を見てしまったようだ。

「じゅぼ、ぎゅぼ、んぶぉ！」

「フェラ顔……、エロすぎるわ……！　あーもう、無理！　私も我慢できないっ！」

レーヴルがクルースの顔を強引に上げさせる。クルースもついに、耐えることができなかったのだろう。バキューム音を響かせながらも、口元からペニスが外れる。

「ギュポッッッ!!」

びゅくびゅくぅう！

最後にカリ首に引っかかった唇が、トリガーだった。我慢していたけど抑えることができず、俺はあっけなく射精する。

クルースとレーヴルの顔の間で、ビュクビュクと精液を吐き出していく。

それを見た彼女たちは、うっとりとした吐息を漏らしていた。

「やっぱりアルムのおちんちんは最高なのね。クルースまでこんなに……。私……我慢できない」

「ちょ、レーヴル!?」

射精途中だというのに、レーヴルは俺に跨がってそのまま挿入してしまった。

俺も「う……」と声を漏らしながら、そのまままた吐精していく。

レーヴルはベッドに膝を落とした体勢のまま、お尻を前後に揺らしていった。

「あんっ、アルムのちんぽ、イったばかりなのにすぐ硬くなったわ♪」

「あんた、何してるのよ!? あたしが舐めてたのにぃ」

「早いもの勝ちよ。私のおまんこに入れたからには、たっぷり可愛がってあげるんだから」

レーヴルのグラインドはいきなり最高潮だった。ベッドが大きく揺れるくらいの激しさで、彼女は胸を突き出すような体勢のまま、快楽を求めるためだけに腰を振っていった。

「お腹の裏側に硬いところが当たって……気持ちいい……♪」

「あたしもほしいのにっ!」

俺も今度はクルースに入れたかったが、レーヴルが放してくれない。

お詫びのつもりじゃないが、俺も舌の動きを加速させていく。

「あんんっ、んぅ! ちょっとぉ、アルムぅ……! いきなり激しくするなぁ。あした、そこ、弱いんだからぁ!」

そんなことを言われてしまうと、余計に激しくしたくなる。というかレーヴルの騎乗位が気持ち良すぎて、何かしていないとすぐに発射してしまいそうなんだ。

　まあ、クルースのアソコにしゃぶりつくのも興奮するから、結局は射精感が高まっていくのは止められないんだけど。

「アルムのがもう大きくなったわ。ふたりがかりの騎乗位がそんなにいいのかしら？」

「アルムのヘンタイッ！　同時に攻められて欲情してるなんて、どうしようもないんだから」

「殿方はこれくらいじゃないと、ハーレムなんてできないわよ」

「なんでレーヴルも、あたしたちのハーレムに入ることになってるのよ!?」

「だってもう、私の初めてを捧げたからよ」

「ええっ!?　は、はじめてでそんな騎乗位を……」

　クルースの突っ込みもそのとおりなのだが、レーヴルは根っから性欲が強いようだ。

　高速グラインドで俺の肉棒をいじめてくるところを見ると、快楽で体が勝手に動いてしまうタイプということらしい。こまったエロお姉さんだ。

　もう出ないと思ってもすぐに勃起させられて、何回でも射精してしまいそうだ。

「アルム、もうイキそうなのね？」

「あ、ああ……もう出る。三人でいっしょにイこう」

「わ、私も限界だわ。じつは……イきっぱなしなの……」

「あ、あたしも無理ぃ……！　アルムのペロペロが上手すぎるぅ……」

　肉棒がまた、一回り大きくなってきた。

亀頭のところが熱くなって快感の波がどんどん大きくなっていく。

レーヴルの膣内もうねりが激しくなってきて、根本から締めつけながら、俺の精液を飲み干そうと蠕動しているのがわかる。

舌を入れているクルースの蜜壺も窄まってきた。愛液が溢れた出して俺の顔が濡れているのがわかる。もしかして潮でも噴いているのかもしれない。

「私、イクわ……もうイクぅ！　イクぅぅぅ!!」

「あしたもクる……キひゃう！　あぁぅ、ああぁあっ！　ああっ！」

「で、出る……！」

俺たちは三人同時に絶頂をした。体を震わせながら、全身を強張らせる。ビクビクと揺れながら最高の快楽に全員が身悶えていた。

「はぁはぁ……激し、すぎるわ……私にはたまらないけどね♪」

「んぅ、あたしも気持ちよかったよ！　アルム！」

「俺は幸せ者すぎるな、ほんと」

美女に囲まれてイキまくれるなんて、筆舌に尽くしがたい快楽だ。

これにまだ、あのマティもいるのだから、この世界でも最高の境遇なのではないだろうか。

やっと満足したのか、レーヴルが腰を上げて肉棒を抜いた。

ぬぽっと音を立てて抜けると、中出しした精液が溢れてくる。

愛液と精液にまみれた男根を見たクルースが、「綺麗にしてあげる♪」と舐め回してくれた。

……お掃除フェラまでしてくれるなんて、俺の仲間は最高すぎる。

いつもクールなクルースも、年上のレーヴル相手で対抗心が燃えているのだろう。

一通り舐め終わったところで、クルースも俺から離れた。

ふぅ、射精をたくさんして疲れたし、あとは朝までゆっくり休むかな。

俺が目を閉じた瞬間。

「何寝てるのよ？　今度はあたしの番でしょ？」

やっぱり、クルースはクルースだった。容赦がない。

「へ？」

「あたしがこれだけで満足するわけないでしょ。あたしも上に乗って、レーヴルみたいに腰を振ってみたいのっ！　いいでしょ、アルム？　あたしのほうが、絶対に気持ちいいって！」

「マ、マジですか……」

そして、部屋の中に陽の光が差し込むまではずっと、断続的にふたりの嬌声が響くのだった。

第四章　冒険はハーレムと共に

レーヴルを仲間に加え、またしばらくの時間が経った。

仲間同士の信頼も深まり、もうすっかり四人パーティーに慣れている。

最初の内はレーヴルの色気に目がくらんでちょっかいをかけてきた冒険者もいたが、今はすっかり落ち着いている。

本来、他のパーティーの冒険者を引き抜く行為は歓迎されていない。

入ったばかりならともかく、パーティーとして定着した今は手出ししないのがルールなのだろう。

無理に行動すれば他の冒険者からも不興を買ってしまう。

そんなわけで、俺たちは至って平穏な冒険者生活を送っていた。

平穏と言っても冒険者基準なので、週に何回かはモンスターとの戦いがあったりするけれど。

俺謹製の付加アイテムで身を固めたパーティーが脅威を覚えるようなモンスターは、街の周辺にはもういなかった。

ダンジョンの深くまで潜れば強力なモンスターがいるようだけれど、そこまでは探索していない。

貴族の後ろ盾などなしにフリーで本格的なダンジョン探索をするのは、収入が安定しないからだ。

それなら、目撃情報のあったモンスターの討伐や隊商の護衛をしていたほうが報酬が良い。

余裕があるときはロマンを求めてダンジョン探索したり、少し遠出して強力なモンスターの討伐もするけれど。

「さて、次のクエストはどれを受けようかな？」

今いるのは冒険者ギルドだ。

壁のボードには様々な依頼書が張り付けてある。

ゴブリンやスライムの討伐といった簡単なものから、目撃情報があったというワイバーンの調査まで。

その数はかなり多く、いつ見てもなくなっていることはない。

この自由都市が大きく栄えているからこそ、冒険者に依頼する仕事も多いのだ。

「前回のクエストは、ジャイアントスパイダーの討伐と糸の収集でしたね」

「ああ、森の中であの大きなクモと戦うのは苦労したよ」

隣にいたマティが話しかけてくる。

受けたい依頼があれば誰でも提案できるけれど、今回は俺たちふたりで選んでおいてほしいと、クルースたちから言われたのだ。

クルースとレーヴルは今、食堂で朝食をとっている。

珍しくそろって寝坊してしまい、宿屋の朝食を食べ損ねたからだ。

宿屋は時間通りに行かないと食事を出してもらえないが、ギルドの食堂ならいつでも開いている。

冒険者がいつ帰ってきても温かい食事が食べられるようにとの配慮だった。

早朝や深夜でもやっている食堂は、街にはここしかない。

あとは、酒屋で軽食を食べられるくらいだ。

そして、冒険者の胃袋を満足させられる味とボリュームがあるのはやはりここだけだった。

「なんだかいい匂いが漂ってきて食欲を刺激されるな」

「クエストを決めたらわたしたちも軽く何かいただきましょうか？」

「そうしよう」

そうと決まればとっとと受けるクエストを決めるに限る。

「ふむ……この廃城の調査なんてどうだろう？」

「これですか。モンスターの目撃情報があるんですね。可能なら住み着いたモンスターの討伐のしてほしいみたいです」

長らく放置されていた廃城に怪しい気配があるらしい。

単なる動物型のモンスターならともかく、ゴブリンなどある程度知能があるモンスターが拠点にしてしまうと厄介だ。

廃棄されたとはいえ城だし、防備を固められると討伐は難しくなるだろう。

けれど、今はまだ発見から時間が経っていない。そこまでの備えはないだろう。

仮にオークやリッチが住み着いていても、なんとかなるはずだ。

「丁度よさそうだ。これにするか」

「はい、そうですね！」

依頼書を持って受付のほうへ行く。

ちょうど空いていたので、並ばなかったのは幸運だ。

「このクエストを受けたいんですが」

「ああ、アルムさんじゃないですか。このクエストですね、ええと……」

受付嬢が引き出しから資料を引っ張り出す。

依頼書に書き切れない詳細な情報などがある場合は、ここで伝えられるのだ。

けれど、その前に声がかけられた。

「おや、アルム君じゃないか」

振り返ると、そこには冒険者ギルドのギルド長がいた。

人のよさそうな笑みを浮かべると近づいてくる。

「最近調子はどうだね？」

「おかげさまで順調ですよ」

今のところクエストに失敗したことはない。

クエストを受ける頻度は多くないが、万全を期して準備を重ねているからだ。

おかげで多少トラブルがあってもなんとか解決し、クエストを達成できている。

ギルド内での評価も高くなり、若手の有望株だとさえ思われるところまで来た。

けれど、それも最初にギルド長が珍しい付与魔術師だからと便宜を図ってくれたおかげだ。

だから彼には感謝している。

「私も君たちがここまで成長するのは予想外だったよ、鼻が高いな」

「これからもご期待に沿えるよう頑張ります」

ギルド長との縁はこれからも役立つだろう。

もっと繋がりを強くしておいて、損はないんじゃないかと思う。

そのとき、彼が懐から封筒を取り出した。

「ところでアルム君。一つ特別なクエストがあるんだが、受けてみないか？」

「特別なクエストですか」

耳慣れない言葉に少し困惑する。

そういえば、高名なパーティーになると指名されてクエストを受けることもあるようだ。

けれど、俺たちはまだ新人の域を出ていないし指名も受けたことがない。

たぶんそれとは違うだろう。

「どんなクエストなんですか？　あまりリスクが大きいようならお断りさせていただきますが」

一応そう言って予防線を張っておく。

パーティーのリーダーとして危ないクエストは受けられない。

「そう身構えなくていい、単なる討伐クエストだ。ほれ」

封筒から紙を取り出すとこちらに見せる。

俺とマティはいっしょになって覗き込んだ。

「これは……コカトリスの討伐ですか！　しかも、場所はアッザーム平野と」

コカトリスはそれなりに有名なモンスターだ。

ニワトリの胴体にドラゴンの翼を持ち、尻からは蛇が生えている。

大きさは個体によるというが、軽トラックくらいはありそうだ。

獰猛な性格で敵と見れば容赦なく襲い掛かる。

体に合わせて巨大化したカギ爪は、生半可な防具を引き裂いてしまうだろう。

その上口から吐く息には毒があり、瞳には見た相手を石化させる魔力を持つ。

尻尾の蛇はキマイラのものと比べると細いようだが、牙には相手の体を溶かす溶解毒が含まれているようだ。

噛まれたら一発でアウトだな。

総合的に見ればキマイラに勝るとも劣らないモンスターだ。

「これを俺たちに倒せというんですか？　少し厳しいと思いますよ」

前回キマイラと戦ったときは森の中だった。

生い茂った木々がキマイラの巨体が動くのを制限し、こっちが有利になったんだ。

おかげでクルースとの連携も上手くいき、倒すことが出来た。

しかし、今回の相手は平野にいる。

相手は石化の視線を持つコカトリスだから、近づくまでに気づかれて石にされてしまうかもしれない。

状態異常への耐性を強化するアイテムは作れるが、効果は絶対じゃないんだ。

耐性を上回る攻撃を受けてしまうと普通にダメージを受ける。

こちらも遠距離から魔法で攻撃することが出来るけれど、向こうは見るだけでいい。

総合的に見てコカトリスが有利なフィールドと言っていいだろう。

「そうだ。君たちにこのクエストをやってもらいたい」

ギルド長も分かっているだろうに、あえて勧めてきた。

「困難なクエストになるだろうが、以前キマイラを倒したアルム君たちなら出来ると思っている。コカトリスはキマイラと似ている特徴もあるから、ぜひ経験のある君たちにお願いしたい」

「なるほど、理由は分かりました」

キマイラもコカトリスも複数の動物の特徴を持つモンスターという点でいっしょだ。

そう考えると対処法も浮かぶし、以前より仲間も増えているから何とかなるかもしれない。

けれど、少し疑問に思う点はあった。

「ギルドには俺たちより実力があって、キマイラ討伐の経験があるパーティーもいますよね。彼らには頼まないんですか？」

そう問いかけるとギルド長は難しい表情をする。

「それが、最近方々でモンスターの発見情報が多くなって、ベテランの冒険者パーティーが出払ってしまっているのだ。残っているパーティーでコカトリスの討伐が可能そうなパーティーはアルム君たちの所しかないのだよ」

そこまで言われてしまうと断りづらい。

とはいえ、リーダーとしては仲間たちの意見も聞かないと。

「一度、仲間内で相談させてもらってもいいですか？」

「もちろんだとも。良い返事を期待している」

俺はそれからクルースたちの所へ移動する。

彼女たちも食事を終えていたところなのでちょうどいい。

テーブルを囲んで四人で相談した。

俺以外はクルースとマティが賛成、レーヴルが反対という意見だった。

「相手はコカトリスでしょ？　腕が鳴るわ！　キマイラもやれたんだから大丈夫よ」

「ちょっと怖い気はしますけど、挑戦してみたいです。冒険者ですから」

クルースは久しぶりの強敵にワクワクしているようだ。

最近は安定したクエストが続いていたから、刺激が嬉しいのかもしれない。

もともと強い敵を求めて冒険者になった彼女だから納得だ。

意外だったのはマティも賛成したことか。

最初はもう少し慎重な性格だったはずだけど、冒険者生活を続けている内に勇ましくなった。

コカトリスを前にしても怯むことなく魔法を使うだろう。

「私は反対よ。今まで戦ったことがない相手だし、場所も遠くてよく知らないわ」

アッザーム平原はここから西へ一週間ほど移動したところにある。

行って帰ってくるだけで半月、諸々含めれば一ヶ月弱は必要になるだろう。

よく知らない場所で戦うというのも不安があるのは分かる。

「断ってもペナルティはないんでしょう？　だったら遠慮したいわね」

今回はメリットが、デメリットを上回らないと判断したようだ。

レーヴルの計算はいつもシビアだけど、だからこそいざというときには助けられる。

クエストを受けないことを臆病だとはいえない。

「アルムさんはどうなんですか？」

「俺か……俺は受けても良いと思う。手間取れば儲けはそう多くないけど、手ごわい相手と戦える機会は滅多にないからな」

相手に有利なフィールドとはいえ、しっかり対策してから挑めるのは悪くない。

「石化も毒も俺のアイテムである程度カバーできる。やる価値はあると思うよ」

そう言うと、唯一反対していたレーヴルも頷いた。

「アルムがそこまで言うのなら分かったわ、やりましょう」

「よし！　じゃあさっそく準備を始めるわよ！」

「しばらくの間、街を離れることになるでしょうから、しっかり準備しないといけませんね」

クルースとマティもやる気になっている。

俺も出来る限りの準備をしようと思いつつ、まずは正式にクエストを受けるために受け付けへ向かうのだった。

翌日、俺たちはアッザーム平野へ向かって出発した。

平野の近くに街はなく、通商路もないので歩いていくしかない。

クエストで遠出するときは、近くに向かう隊商に混ぜてもらうのが一番楽だ。

野営も大勢で出来るから安心だし、食料を分けてもらえることもある。

途中でモンスターに襲われたときに、彼らを守るのがその対価だ。

これは冒険者や商人の間で暗黙の了解になっている。

ギルドを通さない即席の契約だから、あまり大声では言えない。

まあ、クエストのついでとしてやってる内は冒険者ギルドも口を出してこないだろう。

冒険者たちが自分で移動を足を都合してくれるなら、彼らにとっても好都合だからだ。

今回はそんな都合のいい隊商がいなかったので、自分の足で歩くしかないのだが。

一応、荷物の運搬のため馬を一頭借りている。

一ヶ月近く借りるのは安くないけれど、自分たちで大量の荷物を運ぶのに比べたら余程良い。

今回向かう先は平野なので、馬が通れないような場所もないから決断した。

「よし、今日はこれくらいにしようか」

間に休憩を挟みつつ歩き続けて数時間。

日が傾いてもうすぐ空の色が変わるところで野営の準備を始める。

野営の準備が意外と時間がかかるので、夕方になってから始めたのでは遅いからだ。

それでも四人で準備すれば一時間ほどで終わり、焚火を囲んで食事を作れる。

「今日の料理当番はマティか、期待できるな」

「はい、楽しみにしてくださいね」

俺たちのパーティーでは持ち回りで食事を作ることにしている。

役割を固定してしまうと柔軟に対応出来ないからだ。

幸いにも料理当番の持ち回りは好評で、野営のときは誰がどんな料理を作るのか楽しみにしている。

「何よ、じゃああたしの当番は期待できないってこと？」

隣で話を聞いていたクルースが不満そうな顔になる。

彼女もソロで冒険者をしていたからか、ある程度自炊できるが、大味なものが多い。

「そんなことないさ、美味しいよ。ちょっと大味だけど。まあ、俺もクルースと似たようなものだし」

「むっ……言い返せないのが悔しい……」

パーティーの内、マティとレーヴルは料理が上手い組で俺とクルースは上手くない組という訳だ。

まだ不満そうなクルースにレーヴルが声をかける。

「このクエストから帰ったら料理を教えてあげるわ」

「本当？　じゃあ、次に野営するときまでにはアルムを悔しがらせるものを作ってあげるわ」

「ははは、楽しみにしておくよ」

機嫌を直したクルースの宣言に、俺は素直に答えた。実際、すごく楽しみだ。

それからしばらくの間、焚火の周りには会話の花が咲く。

困難なクエストが待ち構えているからこそ、それに挑む前の日常を楽しむのだった。


その日の夜、俺はクルースと同じテントで寝ることに。

誰がどのテントで寝るかは、そのときの気分で決めているのでランダムだ。

今日はクルースと俺が、いっしょにアイテムや装備の整備をしていて遅くなったので、同じテントになった。

明日も早いので今日はエッチなこともせず、早く寝るつもりだった。

しかし、いざ寝ようと目を閉じていると悶々としてしまう。昼間のモンスターとの戦闘のせいで体が昂ぶってしまっているからだ。元々性欲の強い俺だけど、さすがに女の子の寝込みを襲う勇気はない。クルースの気分が乗っていなかったら返り討ちに合いそうだし、そんな命知らずなことをする俺ではない。

クルースもきっと疲れているだろうし、もう少し寝息が静かになったら、テントの外で気晴らしでもするか。ちょっと散歩でもすれば、寝付きも良くなるだろう。

そう思って寝返りを打つと、クルースの毛布がモゾモゾと動いていた。お尻や腰のあたりを中心にクネクネと揺れているのだ。

「あんっ……ん……」

しかも艶かしい声まで聞こえてくる。

って、これはまさか、自慰なのか!?

女の子が冒険中にそんなことをするなんて。ちょっと信じられない。

ほんとうに自慰しているのかはわからないが、これって、襲ってもいいってことに……。

とはいえ、女の子のオナニーを間近で見る機会なんてないし。

興味は抑えられそうもない。

俺は寝たフリをしながら、彼女にそっと近づいた。

「はぁ……んっ、んっ……!」

体を覆っていた布はすでにはだけていて、何も隠すものはない。

よく見れば、クルースはすでにパンツを脱いで、秘部をいじっているようだった。

これはもう、確定かもしれないな。

腰を上下に振りながら、片方の手は軽く乳房を揉んでいる。

服をズラして、完全に胸が露出している状況だった。

クルースのような可愛い女の子が、俺の目の前でオナニーをしている。

この異常な状況で、俺は痛いくらいに勃起していた。

「あんっ、アル、ム……あたしの、触ってよぉ……!」

クルースのオカズは、俺!? いや、めっちゃ嬉しいけど。

俺に愛撫される妄想でもしているのか、クルースは両目を閉じて完全に夢中になっていた。

どうも、この間のレーヴルとの一件以来、おかしな態度だとは思っていたが……。

なにかして欲しそうでも、他のふたりがいるとどこか戸惑っていたようにも思う。

そんなに我慢できなかったのか。

俺と同じテントになって、モヤってしまったのかもしれない。

クルースも一応はお嬢様だ。剣士としてだけでなく、恋愛でもマティより、プライドが強いのかもしれないな。

「あっあっ、もう、ダメ……！　アルム、強くしないでぇ！　あたし、すぐイっちゃう……！　あたし、イクぅ！　アルムにいっぱいされて……イっクぅぅぅぅ!!」

背筋が弓なりになりながら、クルースは絶頂をした。次第にうつ伏せになっていたので、脚を大きく開いてお尻を突き上げた体勢が、とてもエロい。

いや、とにかくめちゃくちゃエロい光景だ。

美少女の自慰なんて、普通はここまでしっかり見られるものではない。

クルース、さすだな。これで興奮している俺も大概だけど。

「ああっ、もうイク！　またイク！　アルムでまたイっちゃう!!」

あえぎ声が、耳から脳にダイレクトで響く。

俺も、もう我慢できない。これじゃあ……。

「うッツッ!?」

くぐもった声を漏らしながらクルースは絶頂したけれど、思わず俺も少し呻いてしまった。

それはクルースが気が付くのに十分なことで……。

「……」

俺たちは目が合ったまま静止する。

オナニーでイった直後に誰かと目が合うって、気まずいんだろうな。

「……見てた？」

とクルース。俺は嘘をついてもバレると思ったから、黙って頷く。

やばい、これはめちゃくちゃ怒られる展開かも。いやだな、殴られるのは。痛いのは嫌いだ。

なんてことも考えていたが、クルースは顔を真っ赤にしたまま俺を見つめていた。

あれ……怒ってはいないのか？

「ひ、ひとりじゃ満足できないし……早く……入れてよ」

「え？」

「もう！　聞こえてるでしょ！　妄想のアルムじゃなくて、現実のアルムでめちゃくちゃにしてほしいのよ。あんただって、エッチしたかったんでしょ!?　寝る前からアルムがそんなだったから、あたしまで……。せっかく誘うのは我慢したのに、これじゃ無駄じゃない！」

ああ、もう……かわいすぎるだろうっ！

俺も、もうフル勃起状態だった。

床から飛び起きて、無理やりにクルースの脚を広げていく。

「ひっ！　ん、あっ、ああっ……こんな格好、あうっ……！」

狭いテント内だが、これでもかと脚を広げると、大事なところを丸出しにされた格好でクルースが恥ずかしげに声をあげた。

けれど、そこはもうぐちょぐちょに濡れていて、小さく口を開いている。

早く挿れてほしい、とおねだりしているのがはっきりとわかった。

俺は物欲しげにひくつくその秘穴に、肉棒を当てて軽く擦る。

「んぁっ！　あっ、んっ……アルム、んっ……！」

クルースは期待するように俺を見上げる。

「これだけ濡れてれば前戯はいらないよな？　俺もクルースの中で早く出したいし」

「ハァハァ……お願い、焦らさないで。もう入れちゃってよぉ……」

欲望まみれの顔があまりにも可愛く、俺は我慢できずに肉棒を突き入れた。

「いくぞ……ッ！」

「んはぁぁあぁぁっ!!」

ぐっちょりと濡れた蜜壺に陰茎を鋭く突き刺していく。マングリ返しのような格好でクルースの下半身を持ち上げながら、上から下に向かって串刺しにした。

「んぁ……!?」

子宮口を強烈にプレスすると、クルースの目が一気にだらしなくなった。

ただでさえ締めつけがすごいのに、最奥を刺激するとより収縮してくる。襞の感触がわかるほど密着して、きゅうきゅう締めつけながら根本から先端にかけて蠕動運動を繰り返している。

亀頭の感触からわかるが、もう子宮口も開いて精液を受け入れる体勢ができているのだろう。

クルースのよがっている顔を見ても、それが一目瞭然だ。

「すごい、アルムのおちんちん……いつも以上に大きい……！　あたしの好きなところに当たってるのぉ！」

「クルースは深いところが好きなんだな。いっぱい突いてやるよ」

「あんっ、待って、そんないきなりされると——あはぁぁあんんっっ！」

体重をかけるように強くピストンしていく。明日のこともどうだっていいとばかりに突き、ただただ、クルースを犯し、孕ませるためだけに俺は抽挿を繰り返していった。

パンパンと、肌同士がぶつかる音が大きくなっていく。

突けば突くほどおっぱいも揺れて、視覚からも最高の興奮だった。

「ほら、クルース……入っているところ見てよ」

俺は脚を広げて、結合部を見せつけた。

俺たちが繋がるその場所は愛液が泡立ち、ぬちょぬちょと卑猥な水音を奏でている。

「やぁ……見せないでぇ。んぅ、あんん、ぅ……あんっ！」

「目を逸らさないで見て。クルースのここ、俺のものを掴んで放さないから」

「だめ、勝手に締まっちゃうの！」

「どうして？」

「しゃせい……あんっ、な、中に出してほしいからに決まってるでしょ!!」

頬を真っ赤に染めながら、眉根を寄せて言う。そんなエロ顔だけで俺はイキそうになってしまう。

「締めつけ、やばいって……。一回出していいか？」

「いいわ！　出して、あたしの中にビュクビュク……誰よりも射精してほしい！」

「うん。出したままでも腰は振り続けるから、クルースも締めつけてくれ」

「え、それ!?　わ、わかんない……だって、もう気持ちよくて、あたし……イっちゃってるから！　イってるのにそんな……どうなるか……」

「大丈夫！　できるさ！」

「ど、どうしよう……イク！　考えられない……もう、イク、イっちゃううううううっ!!」

「俺も……出る……！　イクよっ！」

子宮の中に亀頭を突き込むようなイメージで、俺はそのまま深く射精をした。

発射している状態でも腰の動きを止めることはない。

むしろ、イって敏感になっているから気持ちよすぎて、おかしくなりそうだった。もうクルースのことしか考えられない状態だ。

俺は猿になったかのように激しく、ピストンを叩き込んでいく。

「だめっ、イクゥ！　あたし、イってるぅ！　わかんないっ！　頭がおかしくなっちゃう！　アルムで、いっぱいになっちゃうっ！」

千切れるんじゃないかと思うくらい膣内が収縮していく。小刻みに痙攣して、腰のビクビクが止まることはなかった。

「出るぅ！　あたしも、出る……何か、出る……っ！　アアアッ!!」

股間から大量の潮が噴き出す。おもらしでもしたかようにじわりと透明な液体が溜まっていく。

「クルースは……ほんとにエロいな」

「アルムが激しいからでしょっ！　あんっ、もう止まらない……！　いっぱい出ちゃう」

男の射精のように、今度は勢いのあるものになった。一突きするごとに、ぴゅっと出てくるから、見ているだけでも興奮するし楽しい。

「な、何笑ってんのよ!?」

「クルースが可愛くて、さ」

「嘘！」

「じゃあ、エロくて」

「ああ、もう……恥ずかしいわ！」

頬を染めながらも潮吹きを止めることができないのか、クルースは何とも言えない顔で俺を睨みつけていた。やめてほしいんだろうけど、気持ちいいし、止めるつもりはない。

クルースが壊れるんじゃないかという勢いで、肉棒を抜き差ししていく。

激しくイって落ち着いたのか、睨みつけていた顔がピストンを強くする度に変わっていった。

少し強めのピストンで眉根を寄せる。

もっと強めのピストンでは、頬が緩んでいた。

最大級のピストンをすると、口からだらしなく舌を出している。

「すご……い……アルムの、きもち……よすぎるよぉ」

本当にエッチだなぁ、今日のクルースは。もっともっと、感じさせたくなる。

「ほら、さっきオナニーしてたみたいに、自分で触ってみて」

「うん……」

意外なほど、従順だった。普段もこれくらいなら……とか思ったけど絶対に口には出さない。

クルースは自分で陰核をいじりながら、俺のピストンに合わせて腰も揺らしていった。

クリトリスの皮を剥いて、思ったよりもしっかり刺激している。

「ああ、気持ちよすぎるぅ……」

「ああ……俺もだ。すごく締まる。もうダメだ。またイク。我慢できない」

俺も限界だ。ずっと突いて、イかせ続けたかったけれど、クルースの強烈な膣の締りには耐えることができない。

肉棒が太くなって、発射体勢を整える。

「あらひ……イっひゃう……イクのぉ♥　自分でクリいじりながら、おちんぽズボズボされて……！　ああっ、もうらめぇ！　イクぅぅぅ！　イっちゃううううう!!」

「俺も、イク……！」

陰茎を最深部に突き入れて、俺は存分に射精した。

溜めていたものがドクンと一気に放出される。

一突きごとに射精を、ドクン、ドクン、と繰り返していく。

「あ……ひぃ！　出てる……！　アルムのあったかい精液がお腹に、いっぱいぃ……」

「気持ちいい……射精が止まらないよ」

引き抜こうと思っても、膣内がしゃぶりついて放そうとしないのだ。

このまま一滴残らず出し切ってやるか。

五分くらいずっと吐精し、やっとのことで解放された。

ペニスを引き抜くと、だらしなく足を開いたまま、クルースは放心状態となる。

「……これ、明日の朝、怒られないよな？」

少しだけ恐怖を感じながら、俺は片付けをするのだった。


とうとうアッザーム平野に到着した。

ターゲットのコカトリスは、この平野を縄張りにしているはずだ。

俺とレーヴルは今、平野の端にあるやぶの中にいる。

マティとクルースも、別の地点で身を伏せているはずだ。

「生き物の気配がほとんどないわね」

隣で目を凝らしているレーヴルが警戒する声音で言った。

確かに平野に動物の気配はなく、いるのは虫くらいだ。

そのまましばらく観察を続けていると、小高い丘の向こうから大きな影が現れた。

一見巨大なニワトリに見えるが、翼はドラゴンのような被膜で、尻尾からは長い蛇の体が生えている。

石化の魔法を宿している瞳は銀色に輝いている。まさしく魔眼だ。

「来た、コカトリスよ」

「見えてる。この辺りまで縄張りってことか。動物たちは恐れて近づかないんだな」

青々と茂った草が大量にあるのに、動物の気配がない原因があれだ。

そして、コカトリスは俺たちの視線の先で悠々と食事を始める。

地面や枯れ木を探って虫を取ったり、手ごろな草を食べているようだ。

「あれだけ凶悪そうな図体をしてるのに、食べ物が虫や草木っていうのはギャップがあるな」

「周りの動物に襲い掛かるのは食事のためじゃなく、単に獰猛だからなのよね。恐ろしいわ」

そんなことを呟きながらも監視を続ける。

今は実際にコカトリスをこの目で見て、相手の情報を集めるのが目的だ。

それを元に作戦を立てて襲撃する。

これが今、俺たちに出来る一番勝算のある戦い方だった。

そのとき、レーヴルが何かに気付いたようだ。

「あっ、東のほうから鳥が近づいてきたわ」

見れば確かに上空を鳥が飛んでいる。

進む先を予測すると、コカトリスの頭上を通過するコースだ。

「今日はツイてるな」

これはターゲットの反応を観察するのにちょうどいい。

そして、鳥がある程度の距離まで近づいたところで、地面を掘り返すのに夢中になっていたコカトリスがハッと頭を上げる。

続けて迫りつつある鳥を石化の魔眼で睨んだ。

直後、急に鳥の動きが鈍くなる。

綺麗に広げられていた翼が苦し気に歪んだかと思うと、三秒ほどで完全に石化し固まってしまう。

もちろんその状態で飛び続けられる訳がなく、石になった鳥は墜落してしまった。

「コカトリスが鳥の気配に感づいたのは三百メートルくらいか」

「飛行中の鳥に異変が起きたのは百メートルくらいね。影響が出始めてから三秒で完全に石化しているわ」

コカトリスの感知範囲と石化の魔眼の射程、効果が判明した。

これこそが欲しかった情報だ。

カギ爪や蛇の牙などにはキマイラの経験が使えるし、毒のブレスも似たような能力を持つモンスターを討伐したことがあった。

唯一経験したことがなかった石化の魔眼の効果が判明し、これで勝算の高い作戦が立てられる。

「さあ、野営地に返って作戦会議だ。ここまで情報がそろったんだから、確実に勝てる作戦を考えよう」

「そうね、準備しすぎるってことはないわ。初めて戦う相手だもの」

レーヴルと互いにうなずき合うと、俺たちはコカトリスに気付かれないようその場を離れる。

マティたちと合流した後は、軽食をとりながら作戦会議に没頭した。

そして、運命の翌日。俺たちはコカトリスへ挑むのだった。

◆　◆

結果から言えばコカトリスの討伐は見事に完了した。

荷物を運んでいる馬には、切断されたコカトリスの頭と尻尾が入った革袋が吊るしてある。

討伐にあたっての作戦は単純だった。

コカトリスの獰猛さを利用するのだ。

魔眼の視線を遮る盾を用意し、身軽なレーヴルが囮になる。

彼女がコカトリスの注意を引いている間に反対側から、俺とマティの援護を受けながらクルースが接近する。

最初の一撃で尻尾から生えた蛇を切り捨てたクルースは、コカトリスの視界に入らないよう素早く動きながら攻撃を加えた。

俺たち三人も援護射撃を加え、至近距離と遠距離二方向から攻撃を受けた奴は、対応しきれなくなり隙を晒したのだ。

その隙を見逃すクルースではなく、見事に一撃で首を断ち切った。

「始まる前は緊張していましたけど、終わってみればあっという間でしたね」

隣を歩いているマティがリラックスした雰囲気でそう話す。

「ああ、唯一懸念だった石化の魔眼に対策できたからな」

コカトリスと近距離で戦っていたクルースは僅かに傷を負ったものの、戦闘後に軟膏を塗ったおかげで回復している。

囮になったレーヴルにも傷一つついていない。

「事前に魔眼の射程範囲がおおよそでも把握できたのが大きかったわ。おかげで射程外から相手を挑発できたもの」

馬を牽いているレーヴルがそう言って笑みを浮かべる。

囮役は彼女が自ら買って出た。

実際に魔眼の射程を目にしている自分のほうが体感的に距離をとれるし、リーダーを囮にする訳にはいかないと言ったからだ
彼女は迫りくるコカトリスに対して、見事に距離を保って注意を引き続けた。

おかげでクルースは魔眼の心配をすることなく接近戦に持ち込めたのだ。

「ひさびさに肌がビリビリする戦いだった……満足だよ」

そして、一番機嫌がいいのはクルースだった。

強敵とほとんど密着するような距離で戦いを繰り広げ、最後には見事首を上げて見せた。

平野へ向かう途中で料理の腕について不機嫌そうにしていたのとは大違いだ。

しばらく歩いたところで三人に声をかける。

「今日はここまでにするか」

もう帰りの旅路も半ばまで来ている。

コカトリスとの戦いで少なからず心身ともに疲れた部分もあり、早めに野営の準備を始めるようにしていた。

テントなどを張ると夕食の準備を始めるが、これが帰路の楽しみの一つになっている。

「さて、今夜はどこをいただくかな？」

「太ももにしましょうアルムさん。大きなまま焼けばボリュームがあって食べ応え満点ですよ！」

「そりゃあ良いな。ぜひそうしよう」

そう言ってバッグの中から取り出したのはコカトリスの肉だ。

モンスターの中には人間にとって有用な資源となるものもある。

コカトリスはいくつも有用な部位があるが、肉はその一つだった。

毒ブレスに関係する器官や蛇の牙などを除けば大抵の場所が食べられる。

巨体だから取れる肉の量も多いし、味も悪くない。

帰路の食事では毎回のように鶏肉が登場していた。

部位ごとに違う食感があるから意外と飽きない。

街に帰るまでは十分楽しめそうだ。

一昨日はレーヴルがチキンライスを、昨日はクルースが山菜と合わせた鍋を作った。

今日は俺の番なので、腕の見せ所だ。

ふたりに負けないよう、みんなの舌をうならせないといけない。

「さあ、やるぞ！」

腕まくりをするとナイフを片手に調理へ取り掛かる。

心地よい達成感の余韻を感じながら、俺たちはこうして街への帰り道を楽しんでいるのだった。


その日の夜、俺は普段のようにテントで寝ていたのだが、トイレに行きたくなって目を醒ました。

すっきりしたところで寝床に戻ろうと思っていたのだが、そこでレーヴルの後ろ姿が見えた。

彼女もトイレかな……？

冒険者はどうしても、野外ですることになる。

道端に公衆トイレなんてないし、街と街の間が何日もあるときもあるからな。

しかし、どうやらそういう感じでもないようだ。

となると、ちょっとした散歩かもしれない。

夜の野外で危険はあるが、察知力の高いレーヴルなら大丈夫ではあるだろう。

そんなふうに思っていると、彼女がちらっと、こちらを見たような気がした。

しかし、そのままふぃっと歩いて行ってしまう。

どうやら、木立のほうに向かっているようだ。

「ひとりで、大丈夫かなぁ……」

少し心配になる。それに、さっきの視線にもなにかが引っかかった。

ちょっとだけ、追いかけてみるか。

そう思って、俺もレーヴルが向かった方向に歩き出す。

ちょっとした追いかけっこのようで、なんだかわくわくしてきた。

そのせいか、少し悪戯心が出てしまう。

彼女の姿が見えると俺は繁みに隠れて、レーヴルの様子を窺ってみた。

しかし、歴戦の盗賊相手に、俺の行動は軽はずみだったようだ。

気が付くともう、レーヴルの姿は消えていた。

しまった。これなら、最初から探知の魔法具でも使っておけばよかった。

しかし、そこまでする状況でもないしなぁ……なんて思いながら振り向くと、そこには怪しげに微笑むレーヴルが……。

「ふふ、やっぱりついてきちゃったわね」

見抜かれていたのか。それとも最初からやはり、誘われていたのだろうか？

「いや、たまたまだよ。実は、俺は茂みに隠れるのが趣味でさ……」

苦しい言い訳だが、冗談でも言ったほうが、この状況にはふさわしそうだった。しかし、

「ふーん、じゃあ膨らんでいるソコは何？」

しまった!? 期待ですでに勃起してしまっていたようだ。

「別にいいのよ。あなただったら、いつでも」

レーヴルが俺に近づいてくる。

「アルム……来るときにクルースと、テントでエッチしてたでしょう？」

おっと、これもやはり気付かれていたようだ。まあ、それもそうか。

野営のときは、レーヴルはいつも俺たち以上に周囲を警戒してくれているもんな。

「コカトリス相手に頑張ったから、ちょっとご褒美が欲しいなって……。ダメかしら。それで、トイレに起きたあなたを誘ってみたのよ。えっちな人でよかった。すぐに追いかけてきてくれたしね」

「じゃあ、いいところに来たんだな、俺は」

「ね、お願い。森の中で……このまま……しましょ？」

近くにあった木に手をつき、レーヴルは尻を突き出して誘惑してくる。

レーヴルのような誰もが憧れる美女の、豊満で形のいい桃尻が目の前で左右に揺れている。

下着まで脱いで下半身裸になると、自分から濡れた蜜壺を見せつけてきた。

こんなお誘い、男なら断れるはずもない。

俺もズボンを下ろして、ズル剥けの勃起ペニスを取り出す。

天に届くのではないかというくらい雄々しく反り返り、太い血管が赤黒く充血している。

そんな肉棒を見たレーヴルの瞳には、ハートマークが写ったみたいだった。

一気に発情した顔つきになり、あきらかに興奮している。

「欲しいの、アルム！　そのおちんちん。早く私に入れてっ！」

「ああ、待ってろ」

レーヴルが自分で広げてくれている膣口に先端を当てる。

少し触れただけで、レーヴルのお尻も嬉しそうに震えていた。

「はぁあああ……ああ、はやくぅ……」

これほどの美女が、呼吸を少し荒くして俺の肉棒を求めてくれている。

野外なのにすっかり濡れていて、亀頭がどんどん秘穴に飲み込まれていった。

「あうぅ！　入って、きたァ……！」

蜜で溢れているといっても、レーヴルの恥穴はまだまだ狭い。

破瓜の続きのような初々しい気分で、ゆっくりとこじ開けながら押し込んでいった。

夜の野外のせいか動物的な交尾の気分で、本能的な興奮がすさまじかった。

レーヴルの肉付きのいい腰を掴み、俺のほうに引き寄せる。

この魅力的な雌を、孕ませたくてたまらない。

そんな欲望に塗れた肉棒が、レーヴルの膣内に少しずつ吸い込まれていった。

「いきなり、締めつけがすごいな」

「ハァハァ♥　だって、もう我慢できなかったから。……ゆっくりじゃなくていいわ。アルムが望むように、いっぱいしてほしい……♥」

それを聞いて、俺はあることを思いつく。

それは少し意地悪かもしれないが、きっと興奮するだろう。

「じゃあ、自分でもやってみたらどうだ？」

「いいの？　私、たぶん我慢できないから、自分でいっぱいお尻を振っちゃうわよ」

「ああ、レーヴルのスケベなところが見たいんだ」

「もう……アルムって、どんどんえっちになるわね」

レーヴルはそう言いつつも、お尻を小刻みに左右に振りながら、狙いを定めて俺のほうに突き出した。パンという乾いた音が鳴り響き、尻肉が波打つ。

一息で、俺のペニスが最奥まで入ってしまったのだ。

「あんっ、い、一気に奥まで来たぁ！」

顎を天に向けながら、弓なりになって悶える。

好きなように動くことで感じている様子は、ほんとうにエロいお姉さんだった。

ほっそりとしたくびれに、大きなカーブを描く美尻。立ちバックの体勢で見るレーヴルの後ろ姿はたまらなく淫靡だ。こんなものを見せられてしまい、まったく我慢できない俺は細腰を掴みながら腰を振っていく。

「あんぅ！　いきなり攻めるのはなしよ。私がするんでしょう？」

「やっぱり、俺も楽しませてもらうよ。いいだろ？」

「もう、勝手なんだから。でも、アルムはそういうほうが、いい男かもね。うん、いっぱいしてください。好きなように動いていいからね♥」

「言われなくても！」

肉と肉がぶつかる音を響かせながらリズミカルにピストンを繰り返していく。打ち突ける度に尻肉が波打つし、胸も激しく揺れていた。

突けば突くほど愛液が溢れ、尻の谷間にまで飛び散るほどだ。

「セックスって、すごいわね！　外でケダモノみたいなのに……すっごく、気持ちいい」

「また締めてきたな。俺のがそんなに好きなんだ？」

「大好き！　アルム大好きよ！　アルムに後ろから突かれるのも好きなのぉ！」

尻肉に指が食い込むほど強烈に握りながら、俺は抽挿をしていく。

レーヴルの中は絡みつくように気持ちが良くて、一度動き出したら止めることができなかった。

「もっと突いて！　私でもっともっと、気持ち良くなって!!　今は、アルムを独占したいの」

「えっちだなぁ。快楽に溺れちゃってるね」

「あはっんっ！　だって私、アルムに教えてもらってから、気持ちいいの大好きなの♥」

盗賊職なんてやっていたぐらいだ。好奇心は強い女性なのだろう。それがすっかり、セックスに目覚めてしまっている。

「じゃあ、もっと気持ちいいことも、教えてやろうか？」

俺は彼女の耳元で囁くと、ぴくんと膣内の収縮が強くなった。教えてほしいということだろう。

「このまま、もっとおねだりしてよ」

肉体的にはほぼパーフェクトなレーヴルだ。それなら、もっと精神的な快楽も知ってほしい。

「そ、そんなの分からない……かも。あっ、ああ！　シてほしい……じゃ、だめなの？」

「うん。おねだりは具体的なほうがいいんだ。そうすると身体も素直になって、もっと気持ち良くなるんだよ」

「あんっ！　あっ、そんなこと……んんっ！」

俺は手を前に伸ばして、クリトリスを摘んでいた。

何も考えられなくなるぐらい、レーヴルを高めておいたほうがいいだろう。

「ここいじると、欲しくなる……でしょ？」

「ああんっ、んっ……た、確かに……そうだけど……」

挿入の角度も変えて、レーヴルを追い込んでいく。どこは弱いかは、この間の騎乗位で本人が俺に教えてくれたようなものだ。

そこを重点的に突き続ける。

「あぁぅ、あっ、らめっ！　それ、あっ！　らめっ！　お願い！　アルムぅ！」

「まだ我慢するんだ。イかせてほしいって、ちゃんとおねだりするんだよ。イっていいかも、俺に懇願するんだ！　それまでは我慢だよ！」

「う、うん……あっ、でも、もう、もうダメなの！　イッちゃうのぉ！　アルムぅ、イかせて、おまんこイかせてください！　あっ、ああ、そこ……そこがいいのぉ……」

俺の言う通りに、求め始めるレーヴル。こんな美女におねだりされると俺のほうが我慢できなくなるが、それは許されない。きちんとイかせるのが男の務めだ。

「じゃあ、いっしょにだ。ほら、もっとえっちになって！　もっと気持ちいいって、認めるんだ！」

「うん。イクっ、イクの！　アルムといっしょにイクのっ！　イかせてください、おまんこ突いて、いっぱいせーしだして、気持ち良くなって！　私のこと犯しながらイって、はしたないおまんこも気持ち良くしてくださいぃ！　アルムぅ！　私の……私の大好きなひと♥」

「ああ、もう出そうだ。イクぞ……レーヴルの中に出すよ！　言って、チンポが好きってもっと言って！　レーヴル！」

「わ、私も……アルムすきぃ……アルム……アルムのおちんぽ、好きなのぉ！　大好きなおちんぽのセックスで、い、イクぅぅぅぅ!!」

俺も最高の気分で射精し、レーヴルは震えながら放心する。

レーヴルがイクと膣が窄まるから、さらに俺の精液も搾り取られていく。

ビョクビュクと彼女の中で肉棒が跳ねながら、精液を吐き出していった。

「あ……ふぅ！　き、気持ちいい……」

ぐったりと脱力するレーヴル。俺は彼女の爆乳を下から抱きしめるような形で体を支えた。

手のひらに伝わる胸の感触を楽しみながら揉みしだき、俺はまだまだ射精を続けていく。

こんなにも最高の体をした女性を相手にしたら、そう簡単に射精が終わるはずがない。

「最後の一滴まで、零しちゃダメだから」

ビュク！

「あぅ!!」

ふぅ……これですべてを出し切った。

めちゃくちゃ気持ちよかったから、よく眠れそうだ。

それにこんなプレイをしてしまうと、レーヴルともっと親密になった気がする。

ペニスを蜜壺から引き抜く。月明かりに照らされて、肉棒がテカテカと輝いていた。

「はぁはぁ……。アルム、綺麗にしてあげるわね♥」

フラフラとしながらも、レーヴルが俺のペニスに近づき、口を大きく開けてしゃぶり始めた。

「じゅぷ、じょぼっ、あぶ……」

いい音を出しながら、根本から先端までたっぷりと舐め回してくれる。

嬉しそうに咥えるその顔は、完全に雌の顔だった。

「じゅぼ……はい、綺麗になったわ♪　私ももう、今日は満足だし」

「俺もだ。最高の一夜だったよ」

外でこんなふうに激しくセックスできるなんて。人里離れた道中だからこそだろう。

お互い脚がフラフラになりながら、俺たちは寝床へと戻っていった。


アッザーム平野でのクエストを終えた俺たちは穏やかな帰路を経て自由都市ディードへ帰ってきた。街には南北に門があり、ここからは北門が見える。

「予定より、五日くらいは早く帰ってこられたな」

「平原での偵察で、予定より早くコカトリスの観察が出来たおかげね」

レーヴルの言う通りだ。本来ならコカトリスの観察にもっと時間がかかる予定だった。

こればかりは幸運と言える。

「あの街の城壁を見ると、懐かしい気持ちになりますね」

「あたしはそうでもないけど。……あれ？　なんだか様子が変じゃない？」

マティといっしょに街のほうを眺めていたクルースが首を傾げる。

改めてよく見てみると、門のあたりがなんだか騒がしい。

そうこうしている内に、街の中から黒煙が上がり始めた。

「なんだ、トラブルか!?」

「わかりません、近づいてみないと！」

「そうだな。よし、荷物は近くに置いておいて、全員で急ごう。街で何か良くないことが起こっている」

俺がそう言うと三人も頷いた。

かさばる荷物を隠し、馬も木につないでおく。

北門のほうへ向かうと、町中が大騒ぎになっていることに気付いた。

大きく開け放たれた門から、住人たちが逃げ出している。

俺は運よく、門の守衛を捕まえることが出来た。

「俺たちはクエストから帰ってきた冒険者だ。街の中で何が起こってるんだ？」

「俺も逃げてくる住人から聞いた話だが、南門が開け放たれて大量のモンスターが侵入してきたらしい！　衛兵がなんとか食い止めているが、街の中はメチャクチャだ！」

ここの守衛も、突然の事態に混乱しているようだ。それでも、断片的な情報を教えてくれる。

「俺たち衛兵は人間相手の訓練は積んでるが、モンスター相手はさっぱりだ。このままじゃマズい！　真っ先に役所が襲われて、命令を下す都市長が死んじまったから現場が混沌としてるんだよ！」

「冒険者ギルドはどうしたんだ？」

「もちろん冒険者たちも防戦してるが、数が足りないんだ。特に、高ランクパーティーがことごとく遠方へクエストに行っちまってるみたいで、残ってるのはほとんどがCランク。下位の連中ばかりで……モンスターには強力なやつもいるから、とてもじゃないが押しとどめられないみたいだ」

その言葉を聞いて、俺は寒気を感じゾッとする。

もしキマイラクラスのモンスターが複数侵入して暴れたら、街は壊滅してしまうだろう。

そうなる前になんとしても被害を食い止めないといけない。

俺は後ろを振り返ると三人に声をかける。

「中は酷い戦場になってるだろうけど、まだ取り残されている人が大勢いるはずだ。なんとか侵入したモンスターを倒して彼らを助けたい。手伝ってくれるか？」

すると、彼女たちは迷う様子もなく頷く。

「もちろんです。アルムさんの行くところ、何処へでもお供します！」

「腕が鳴るじゃない。まさかこんなに早く次の戦場へ踏み入れることになるとは思わなかったけど」

「街中は障害物が多いから、奇襲を警戒するにも敵を探すにも私の力がいるでしょう？　安心して任せて」

「ありがとう皆……よし、行こう！」

それぞれ得物を準備して、門の中に突入する。

市街地に入るとあちこちから火の手が上がり、衛兵や冒険者がモンスターと戦っていた。

門の周辺は優勢とはいえないけれど、なんとか持ちこたえているようだ。

俺たちの姿に気づいたのか、衛兵の隊長らしき男性が声をかけてくる。

「増援か!?　助かる！　奥の役所付近で強力なモンスターが暴れているんだ！　数少ないBランクパーティーがなんとか相手してるんだが厳しいらしい、応援に向かってくれないか？」

「分かった、そっちは任せてくれ！」

モンスターとの激戦地になっているらしい役所のほうへ向かう。

到着すると、周囲は激しい戦闘の影響で、すでに瓦礫《がれき》の山となっていた。

「そんな、ここまで酷いことに……」

メチャクチャになった街を見て、マティがショックを受けている。

俺はあまり用がなかったから近寄らなかったけれど、彼女は父親へ手紙を出すために、役所近くの郵便局へ何度か足を運んでいた。

だから、こんなふうになってしまう前の街の様子を、よく見ていたんだろう。

「マティ、残念だけど立ち止まってる暇はない。力を貸してくれ」

「は、はい！　これ以上の侵略は止めて見せます！」

杖を握り、気合を入れて頷くマティ。

そのとき、前方のボロボロになっていた建物が大きな音を立てて崩れた。

「ぐわあああっ！」

「あっ、やりやがったな！」

崩れた建物の向こう側で冒険者たちが戦っていた。すぐに援護に向かうことにする。

敵モンスターはアーマードワームだ。巨大なミミズのような体を装甲で守っている。信じられない話だが、あれも竜種の一つだとか。つまりはワイバーン並みの危険度だ。

「『炎槍』！」

「そら、こっちも食らえ！」

まずはマティと俺が全力で魔法を叩きこむ。

怯んだアーマードワームに、クルースとレーヴルがトドメを刺して討伐完了だ。

「す、すごい……俺たちがあんなに苦労していたワームを数分足らずで倒すなんて……」

「あの付与魔術師のパーティーだぜ！　帰ってきてたのか！」

それまでワームと戦っていた冒険者たちが、こっちを見て感嘆の声を上げる。

そして、その冒険者の中からひとりの老人が出てきた。ギルド長だ。

「やあ、アルム君じゃないか」

「ギルド長！　こんなところで何をしているんですか？　危ないですよ！」

「私だって以前は冒険者だったからね、市民といっしょに逃げる訳にはいかない」

服は若干すすけているけれど、怪我はなさそうだ。

とはいえ、安心していられない。まだ市内では多くのモンスターが暴れているからだ。

今も他所で冒険者たちが戦っている音が聞こえる。

「いったいどうして街に、これだけのモンスターが入ってこられたんですか？」

門には常に衛兵がいるし、城壁の上も巡回している。これだけ大量のモンスターの接近を見逃すということはないはずだ。その問いにギルド長は苦笑いする。

「まあ、それについては理由が分かっているんだ。それより、君たちはアッザーム平野でコカトリスの討伐をしているはずでは？　予定ではまだ数日かかるはずだったが……」

今度はギルド長のほうから問いかけてきた。

「コカトリスなら無事討伐してきました。運よく相手の観察が上手くいったので、対策がとれて。実際に戦ったのは、十数分でしたよ」

「ほう！　平原を支配していたコカトリスを瞬殺とは……いやいや、素晴らしい。これほどの成長だったとは、私の観察眼も衰えたかな？」

彼はそう言って笑みを浮かべる。そんな様子に俺は違和感を覚えた。

ギルド長になるくらい権威のある冒険者なんだから、こんな状況でも笑える精神力があるのはおかしくない。けれど、俺は彼の笑みに嫌な気配を感じていた。

「ギルド長、俺たちのクエストのことより、今の状況を何とかするのが先です。まだモンスターはいるんですから」

「ふむ、まあそうなるな。しかし、惜しいことをした」

「はい？」

俺の前でギルド長がくつくつと笑う。

「君たちにはもう少し難易度の高いクエストを与えておけば、町が壊滅するまで戻ってくることはなかっただろうに」

「っ!?」

彼が何を言っているか理解した俺は、とっさに隣にいたマティの腰に手を回していっしょに距離をとる。クルースとレーヴルも同時に反応し、ギルド長へ武器を向けた。

周りの冒険者たちも異様な雰囲気を感じ取ったのか、ざわついている。

「ギルド長、今の言葉はどういう意味ですか？」

「分からんなら説明してやろう。モンスターによる襲撃を計画したのは私だということだよ！」

「そ、そんな……ギルド長が犯人なんですか？」

マティが信じられないという表情で彼を見ている。ショックを受けているようだ。

「……なぜ、こんなことをしたんですか？　あなたはギルド長として立派に活動していたのに！」

俺自身、冒険者になるときに親切にしてもらったことをよく覚えている。

しかし今、街はメチャクチャに破壊されてしまったし、住人の犠牲も大勢出たことだろう。

「君たちも街の住人も関係ない、個人的な復讐心だよ。長年待ち続けてようやく機会を得たのさ。もうある程度は済んだがね」

そう言って彼は崩壊した役所のほうを見る。あそこに復讐相手がいたんだろう。

「目的が済んだなら、もう止めてください」

「そうはいかないな、最後の仕上げがある。この街を跡形もなく破壊してやるのさ！」

この言葉で敵対は決定的となった。

どんな動機があって、こんな酷いことをしているのか知らないが見逃せない。

「クルース！　レーヴル！」

すでに意識を切り替えていたふたりが、俺の言葉で反応する。

俺も腰に提げていた杖を取り出してギルド長へ向けた。だが、彼は余裕の表情で俺を見る。

「アルム君には、私が昔どんな冒険者だったかは話していなかったな」

「魔術師だったとは聞いていますが……」

「では教えてあげよう。私はな、召喚魔術師なんだよ」

そう言った直後、ギルド長の背後に巨大な炎の柱が発生した。

「くっ、なんなの!?」

「ッ！　炎の中に何かいる！」

突然のことにレーヴルは動揺したが、クルースは何かの気配を感じたのか炎柱を睨みつける。

そして彼女の予想通り、炎柱から赤い鱗を持った強大なモンスターが現れた。

「これは、まさか……ド、ドラゴン!?」

目の前に現れたのは、モンスターの中でも最強の種と言われるドラゴンだった。

「さすがの君たちでも、こいつの相手は厳しいだろう？　ははは っ！」

ギルド長は高笑いすると、背後のドラゴンの脇を通って逃げ出した。

俺たちはギルド長を追おうとするが、その前にドラゴンが立ちはだかる。

大木のような四肢も白く輝く牙も、今まで戦ったどのモンスターより危険に見える。

俺たちを見下ろす瞳と目が合うと、それだけで足が震えてしまいそうになるプレッシャーだ。

これほどの相手を突破してギルド長を追跡するのは難しいと、本能で理解する。

そのとき、誰もが動けない中でクルースがドラゴンの前に立ち、向き合った。

ドラゴンのほうも自分の前に進み出てきた彼女を見下ろしている。

「クルース!?」

「ここはあたしが押さえるから、アルムたちはギルド長を追って」

クルースは両手で長剣を構えると、前を見つめながらそう言った。

「でも……」

マティが不安げな声をあげるが、クルースはそれを遮る。

「大丈夫。……今のあたしにはアルムが力を与えてくれた装備や、あなたたちといっしょに多くのモンスターと戦った経験があるしね」

彼女からは、動揺したり怖気づいていたりするような気配は感じない。

逆に、やけっぱちになっている雰囲気でもなかった。

心の底から、自分なら目の前のドラゴンと対等に渡り合えると確信している。

なら、俺がクルースにかける言葉は一つだけだ。

「頼んだぞクルース」

俺はそう言って、彼女に背を向けてギルド長を追うことにした。

「任せといて」

かつての虚勢とは違うその声色を背に受けて、俺は走った。

ドラゴンが俺たちを通すまいと口を開き、炎のブレスを吐こうとする。

「よそ見してるんじゃないわよ！　お前の相手はあたしなんだからっ！」

そこにクルースが突っ込み、長剣と竜鱗のぶつかる甲高い音とドラゴンの咆哮が響いた。

構わず走り続ける俺に、マティとレーヴルもついてくる。

「アルムさん、ひとりで任せて大丈夫なんですか⁉　誰かもうひとり残ったほうが……」

マティが不安そうに言う。優しい彼女のことだから、クルースの身を案じているんだろう。

けれど、その提案をレーヴルが否定する。

「召喚魔術師が呼び出したものは、術者が気絶したり死亡すると元に戻ってしまうの。だから、クルースのためにも一刻も早くギルド長を追うのが先決よ」

「そうだったんですね！　なら、私も全力で行きます、容赦はしません！」

不安を断ち切るように言うと前を見るマティ。この調子なら頼りになりそうだ。

「アルム、ギルド長は次の道を右に曲がってるわ。おそらく中央公園に向かったわね」

レーヴルが持ち前の技術とアイテムの併用でギルド長を追跡しているので、一直線に追える。

そして公園にたどり着くと、ギルド長の姿を見つけた。

何か地面に魔方陣のようなものを描いているようだ。

「ぬっ、お前たち!? まさか、あのドラゴンを突破出来るはずがない！」

信じられないものを見たように驚愕するギルド長。

「ひとり足りないな、囮にしたか！ 彼女は死ぬぞ!?」

「死なせない！ お前を倒してこの街もクルースも助ける！」

「若造が！」

ギルド長が召喚魔法で二体のモンスターを呼び出す。見たことがあるその姿はキマイラだった。

「上等だ、やってやる！」

両手首のブレスレットに加えて、さらに両手で、魔法を付与した短杖を握る。

俺の人生の中で、最も短いが苛烈な戦いが幕を上げるのだった。


そして十数分後、俺は黒煙を上げる市役所の前に戻ってきた。

地面に膝をつくと、仰向けで倒れているクルースに手を伸ばす。

「大丈夫だったか？」

「ドラゴンが消えるのがあと数秒遅かったら、ブレスで丸焦げになってたわ。装備もボロボロになっちゃったし」

そう言うと、彼女は俺の手を取って起き上がる。

「ギルド長は？」

「倒したよ。手加減する余裕がなかったから、命を奪うことになってしまったけど……」

罪悪感はあるけれど後悔はない。クルースを救えたんだから当然だ。

「アルムさん、あんなに無茶に突っ込むのはもうこれっきりにしてくださいね！　わたし、肝が冷えて気絶するかと思いました！」

マティが少しだけ怒った表情で言う。心配させてしまって申し訳ない。今度ふたりきりで、埋め合わせをしようと心に誓った。

「でも、私は勇敢な姿を見て惚れ直しちゃったかも。素敵だったわ」

そう言ってにこやかに笑うレーヴルだけど、戦闘中は彼女も必死に援護してくれていたのを知っている。あとで必ず、感謝の言葉を伝えよう。

「何はともあれ、こうしてまた四人がそろったんだ。めでたいじゃないか」

手を伸ばして三人を抱き寄せる。

「これからも困難なことがあるかもしれないけれど、皆といっしょなら乗り越えられると確信したよ。ありがとう」

彼女たちも笑みを浮かべて、それぞれ静かに頰へキスしてくれた。

この大切な存在を守りながら、これからの人生も生きていこう。

俺はそう改めて決意するのだった。

エピローグ　成長する冒険者たち

ギルド長によるモンスター召喚テロから、数ヶ月が経った。

自由都市ディードは北門から役所のあたりまで甚大な被害を受けていたが、最近はかなり復興してきた。

それでもまだテロの爪痕は残っているし、混乱も回復しきっていない。

復興を纏めるべき都市長などが襲撃でごっそり殺されてしまっていたからだ。

冒険者や住人たちは街をなんとかしようと精力的に活動したが、音頭をとる者がいないとなかなか効率的にならない。

そこで助け舟を出したのが、近隣に領地を持つ貴族たちだ。

その中にはマティの父親であるフィラフト伯爵もいる。

自由都市は貴族の支配下になかったことから、主に商人たちが拠点にしており、貿易の中継地にもなっていた。

そこが壊滅したままでは、貿易路が機能しなくなって周辺領主たちの経済にも影響が起きる。

王都から新しい都市長が送られてくるまでの間、彼らが中心となって復興を支援したのだ。

おかげで都市長不在の中でもなんとか持ち直している。

そして俺はというと、復興途中の市街地に新しく建てられた家にいた。

俺たちのパーティーはこれからもこの自由都市で活動することを決め、拠点を購入したのだ。

テロによる被害をきっかけに街を離れる人もそれなりにいて、空いた土地が安く手に入った。

拠点を手に入れたことで、これまでより生活が充実したのは間違いない。

今までは宿だったから、付与魔術で作ったアイテムの管理なんかも十分に気を付けなきゃいけなかったけれど、家の中ならある程度安心して保管できる。

家の周囲を、防犯に使える魔法を付与したアイテムで固めれば、侵入者対策もバッチリだ。

そして、俺にとってはもう一つ大きな変化があった。

「よし、これで今回のクエスト分のアイテムも完了っと」

目の前にある机には、神社で買うお守りのような小さな布の袋がいくつも並んでいる。

これらはすべて、俺が魔法を付与したアイテムだ。

テロの首謀者であるギルド長を倒したことで、この街における俺たちパーティーの名声が一気に上昇した。その影響もあってか、俺に魔法のアイテムを作ってほしいという指名依頼が舞い込むようになったのだ。

冒険者ギルドも、ギルド長が死んでしまったので一波乱あった。

しかし、クエストで街を離れていた高ランク冒険者たちが帰ってきて、彼らを中心に再建されている。そんな彼らからの依頼で、特定クエストに向いたアイテムを作っているのだ。

クエスト自体は正式なものだけれど、とりあえずは、他人に渡しても問題ない程度の魔法しか付与していない。

レーヴルに見せたような『気配遮断』のアイテムを作って、それで暗殺でもされたらたまらないからだ。暗殺した奴はもちろん、こっちにまで文句が飛んできてしまう。

それでも普通の付与魔術師が作るアイテムより高性能らしく、なかなかの稼ぎになっていた。

依頼さえ途切れないのなら、モンスターを討伐したりダンジョンに潜るより安全で、安定した収入になるだろう。まあ、冒険者を辞める気はないけれど。

「残りは明日にすればいいか。箱にしまって鍵をかけて、と」

作ったアイテムを保管用の箱に入れる。この箱にも、盗難防止用に魔法を付与してあった。

箱を抱えて棚に置くと、作業室から出る。

すると、廊下の向こうからいい匂いが漂ってきた。

「お、もう夕飯が出来たころかな」

美味しそうな香りに、自然と笑みが浮かぶ。

キッチンのほうへ向かうと、コトコトと何かを煮込む音が聞こえてきた。

扉を開けて中に入ると、マティとレーヴルがいる。先に気付いたのはマティだった。

「あ、アルムさん！　今日のお仕事はもう終わったんですね」

「片付いたよ。残りも明日の午前中には終わるかな」

以前は復興のために使うアイテムを依頼されていたので急いだが、今はそうでもない。

街を復興するにあたって、俺のことを知った貴族たちからの依頼だったからだ。

そもそも俺以外の付与魔術師は、一つの物に魔法を付与するのも苦労しているから、のんびりやっても平均的な納品期間よりずっと短い。

「だから、こっちのことは心配しなくていいよ。それより、今夜の夕食が気になるな」

そう言うと、鍋に向かっていたレーヴルが振り返る。

「夕食は鮭のムニエルよ。アルムの好物でしょう？」

その問いに頷く。

「そっか、さっきから漂ってたいい匂いの正体はこれだったか。楽しみだな」

「もう少しで出来上がるわ。クルースを呼んできてもらえないかしら」

「今どこにいるんだ？　昼食が終わった後は姿を見ないけど」

「たぶん庭で素振りしているはずよ」

「分かった、迎えに行ってくるよ」

キッチンから出て裏口から庭へ向かう。

城壁に囲まれた街の中だけれど、うちの庭はそれなりの広さがある。

俺たちが自分で使う道具や魔法の調整をしたり、クルースがのびのびと鍛錬出来るようにするためだ。

冒険者ギルドに行けば鍛錬場があるし、街の外へ出れば動くのに制限はないけれど、人目を気にせず集中して鍛錬するには、家にこういったスペースがあったほうが良いのだ。

「お、やってるな」

クルースは案山子《かかし》のような的を前に剣を構えていた。

案山子には使い古された鎧が装着されている。

俺が街の衛兵隊へ魔法のアイテムをいくつか提供する代わりに、古くなって廃棄する鎧を譲ってもらったんだ。衛兵隊とは、先のテロのときに協力してから良い関係を築いている。

「……ッ‼」

次の瞬間、クルースが目にも止まぬ速さで剣を振りぬく。

すると、着せられたボロ鎧ごと案山子が斜めに真っ二つとなった。

古いとはいえ金属鎧を綺麗に両断するなんて、相当なテクニックが必要だ。

「また腕を上げたんじゃないか？」

「ふぅ……まだまだ未熟よ」

突然声をかけても驚く気配はない。俺の存在には気づいていたようだ。

「ドラゴンと戦ってからずっと訓練に気合を入れているじゃないか。今ならキマイラくらい両断できそうだな」

「もっと大きな剣を持てば両断できるかもしれないけど、あたしはこれが気に入ってるの。それに、いくら良い剣を持っても、腕がそれに釣り合ってないと強敵には勝てないってのは嫌というほど思い知ったし」

あのドラゴンとの一戦は、クルースに大きな意識の変化を起こしたようだ。

今まではひたすら、強い敵を求めて戦いを楽しんでいた。

今は明確な目標が定まって、それに向けて邁進しているように見える。

目標というのはもちろんドラゴンのことだ。

「いつか必ず、あのドラゴンを倒して見せるわ」

命を奪われる一歩手前まで迫っていただけに、リベンジの気持ちを強くしているようだ。

「そのときは、俺も協力するよ」

「もちろんよ。あんな力を見せつけられたら、流石にひとりで倒せるとは思えないから」

クルースにここまで言わせるんだから、ドラゴンの強さは恐ろしい。

俺は姿を見ただけだけれど、プレッシャーだけでも相当なものだった。

実際に短時間とはいえ戦ったクルースの経験は、どれほどのものか分からない。

挑むには相当の準備と覚悟が必要なのだろう。

「まあドラゴンの話はこれくらいにして。俺はクルースを夕飯に呼びに来たんだ」

「もうそんな時間？　また集中しすぎてたかも……」

「マティとレーヴルが作ってくれたんだ、冷めないうちに行こう」

「そうね、分かった」

装備を片付けると、ダイニングへ向かう。

すでに夕食の準備が整っていたので、いただくことに。

四人で食卓を囲むと、自然に話題が出てきて和やかな雰囲気になった。

パーティーを組んで半年以上も経つし、気心も知れている。

もう家族の一員と言っていいかもしれない。

彼女たちといっしょにいると安らぐし、逆に行方が分からなくなると不安を感じる。

ハッキリ言えば、三人をパーティーの仲間としてだけでなく異性としても好いていた。

食事が終わると大抵はリビングに集まって過ごすのだけど、今夜は少し違う。

アイテム作成のときにやり忘れたことがあったと、思い出してしまったからだ。

彼女たちに先に寝てもらうよう言って作業部屋に籠る。

それほど大きな問題ではなかったので、一時間ほどで完了した。

「はあ、次からはもっとよく確認しないとな」

ため息を吐きつつ寝室へ向かう。

家の中はすっかり暗くなっていた。

照明器具があまり普及していないので、普通の家では日が暮れるとすぐ眠りにつく。

夜に営業するのは、一部の店や冒険者ギルドくらいじゃないだろうか。

うちは俺の付与魔術でいくらでも照明を作れるけれど、周りとの生活に合わせるため、早めに寝るようになっている。

「マティたちも寝たかな」

そんなことを思いながら自分の部屋の前に着く。

すると、扉のわずかな隙間から部屋の照明がついているのに気づいた。

「誰かいるのか？」

不審に思いながら扉を開けて中に入る。すると、目の前に思いもよらない光景が現れた。

「あっ、アルムさん！」

「遅いじゃない、待ってたんだから」

「ふふっ、さすがに少し驚いているみたいね」

俺のベッドの上にマティたちがいた。しかも、一糸まとわぬ姿。つまり全裸だ。

真っ白なシーツと魅惑的な肌色、そして三者三様の綺麗な髪。

マティの黒にクルースの金、レーヴルの赤。

鮮やかなコントラストに一瞬目がくらんでしまう。

「……三人そろって、こんなところでどうしたんだ？」

一瞬言葉を失っていたものの、なんとか正気を取り戻して問いかける。

俺の部屋のベッドはひとりで寝るには大きすぎるくらいだけれど、さすがに三人も乗っていると余りのスペースは少ない。

彼女たちも互いに体をくっつけているから、肌色が集まっていて部屋に入った一瞬はなんだか分からなかった。

そして、まだ動揺が残っている俺に彼女たちが答える。

「何って、この状況でどうなるか本当に分からないのかしら？」

俺から見て右側にいるレーヴルが、妖艶な笑みを浮かべながらほほ笑む。

多少思考力を取り戻した頭で考えると、ある程度予想はついた。

全裸で俺を待ち構えていたんだから、誘惑するつもりだ。

「どうやら分かったみたいね」

僅かな動きで彼女の赤い髪が揺れ、その動きに連られて胸元の爆乳にまで目線が動いてしまう。

そして彼女の胸から中央のマティの胸、左のクルースの胸まで。

揃ってベッドに腰を下ろしているから胸の位置も大体同じで、並んだ巨乳に欲望が刺激された。

「まったく、スケベなリーダーよ。どこ見てるのか丸わかりなんだから」

少しは恥ずかしいのか、頬を赤くしているクルース。

けれど、胸元も下も腕で隠すようなことはなく見せつけてくる。

手足は余分な肉がなく引き締まっているけれど、胸元や腰回りは目を引かれるほど魅力的な肉付きの良さだ。絶妙なバランスの肢体に魅了されてしまう。

「待ってたんだから、早く来なさいよ！」

言われるがままにベッドまで近づく。

すると、目の前にいるマティが俺の顔を見上げてきた。

「アルムさんに一つ、お知らせしないといけないことがあります」

「いったい何だろうな？」

ここまできて、セックスをやめるという意味の言葉じゃないだろう。

不思議に思っていると、マティが左右のふたりに目くばせする。

すると、彼女たちがマティの肩を押してベッドへ押し倒した。

「んっ、み、見てください……」

横になると両足を開くマティ。

目の前に現れた秘部は、愛液があふれ出してトロトロになっていた。

「こ、これはっ！」

まさかもうこんなに濡れていたとは思わず、驚いてしまう。

「アルムさんが来たらすぐに抱いていただけるよう、準備していたんです」

となると、俺が来るまで三人でイチャイチャしていたってことか。俺のために嬉しいとは思うけれど、同時に、三人だけでイチャイチャして羨ましいとも思ってしまう。

マティの左右にクルースとレーヴルが添い寝するように並んで、俺を見上げてきた。

もう股間は限界まで勃ちあがっていて辛抱できない。

今すぐ彼女たちに向かって飛び込みたいと思った。

そして、そんな俺にマティがトドメの一言を加えてくる。

「それに……今日、わたしたち三人とも危ない日なんです」

「なっ⁉」

セックスしている以上、避妊については気を遣っていた。

妊娠してしまったら、しばらくは冒険者として活動出来なｓくなってしまうからだ。

「ほ、本気か？」

「運しだいですけれど……もし孕んだら、アルムさんの赤ちゃんを産ませてくださいっ！」

「冒険者ギルドが本格的に再稼働するまでには時間があるから、アルムの子を孕むなら、今しかないものね」

「喧嘩しないよう、わざわざ三人の危険日が揃うまで待ってたのよ？　言っておくけど、あたしは初めてのときみたいに酔っぱらってる訳じゃないからね！」

三人がそれぞれ俺に、誘惑の視線を向けてくる。ここまで言われてしまっては、もう我慢出来るはずがなかった。俺は誘われるまま、彼女たちへと向かっていく。

まず最初に向き合ったのはマティだ。

服を脱ぎ捨てると両足をもっと開かせ、肉棒を秘部へ押し当てる。

「もう我慢出来ない、入れるぞ！」

「は、はいっ！　くっ、んううぅぅっ！」

ぐっと腰を前に突きだして挿入する。

愛液で蕩けたアツアツのおまんこが肉棒を包み込み、締めつけた。

「くぅっ！　凄い、気持ちいいぞマティ！」

すぐに腰を動かし始める。速い動きで腰を打ちつけ、室内にパンパンと音が響いた。

「あっ、んっ！　ひゃ、あぁぁっ！　い、いきなり激しいですぅ！」

膣内への刺激にマティが嬌声を上げる。

「凄い声で喘いでるね……中の感度も良くなってるから、感じすぎてるのかも」

「気持ちよさそうでうらやましいわ。私も早くアルムが欲しい……」

クルースとレーヴルが、羨ましそうにマティを見ている。

そんな彼女たちの姿も、俺の興奮を助長した。

「ふたりにも、すぐに入れてやるからなっ！」

興奮してそう言いながらも、まずは目の前のマティに集中する。

早くも連続ピストンの影響で、気持ちよさそうな蕩け顔になっていた。

「はひゅっ、あぅぅ！　はぁ、はぁっ……！　おちんちん気持ちいいです、こんなに奥までぇっ！」

ぐっと子宮口を押し上げると、一際大きな嬌声が上がる。

普段の清楚な雰囲気は欠片も残っていない。

快感に喘ぐ姿はエロすぎた。

俺が腰を振るたびにいやらしい声が聞こえ、大きな胸がゆさゆさと揺れる。

トロトロになった膣内もビクンビクンと締めつけてきた。

「だ、ダメですっ！　もうイってしまいますっ！」

「このままイかせてやるよ！　そして……そのまま孕んでくれ！　マティ！」

猛然とピストンすると、膣内もそれに合わせてキツくなる。

俺の旅の切っ掛けとなった少女。愛しさが溢れ、子作りへと意識が集中する。

マティの体も、本気の中出しをされることを予感しているようだ。

「ひぃ、あっ、あああぁぁあぁっ！　イクッ！　イキますっ！　イクうううぅぅっ！」

「ぐぅっ！」

マティの絶頂と共に俺も射精する。もう何度セックスしたかはわからない。しかし、今が最高の気持ちよさだった。精液が膣内へとあふれ出し、彼女の奥の奥までしみ込んでいった。

「うわぁ……そんな気持ちよさそうな顔のままイって……マティ、すごく気持ちよさそう」

「あぁ、体が疼いちゃうわ！　次はわたしに！　ねっ!?」

全部射精し終わるタイミングで、今度はレーヴルに手を引かれる。

「お、おいっ……んむっ！」

そのまま彼女に唇を塞がれてしまった。当然のように舌が入ってきてディープキスになる。

「ちゅるっ、れるるるぅっ！　はぁ、はぁ……私も準備出来てるから、早く入れてぇ！」

「ああ、やってやる！」

射精したばかりでも肉棒はまったく萎えない。

このハーレムセックスを味わい尽くすまで、今夜は満足しないだろう。

「あひゅううぅっ！　入ってきたわ！　私のいちばん奥までっ……きゅっ!?　んうっ！」

レーヴルが悲鳴のような嬌声を上げる。

俺が思いっきり子宮口を突き上げたからだ。

「うっ、あううぅぅっ！　ダメダメッ！　こんなに激しくされたら壊れちゃうっ！」

「孕んでもらう大事な体なんだから、壊すわけないだろう？　意識のほうは、少しイっちゃうかもしれないけどな！」

片手で腰を掴んで逃がさないようにする。レーヴルとするときは、思う存分、この女性らしい体を楽しむことにしている。もう片方の手は、ピストンの衝撃で揺れる爆乳を鷲掴みにした。

「んぎゅっ！　おっぱいまでっ!?」

「レーヴルのおっぱい、最高の感触だ！　乳首も弄ってあげるよ！」

「あっ、やめ……んきゅううぅぅっ!!」

強めに愛撫しながら、指先で乳首を刺激するとレーヴルの体が震えた。

普段余裕のある表情を浮かべている顔は、マティにも負けないくらいトロトロになっている。

もうそろそろ射精してしまいそうだと思ったとき、クルースが顔を近づけてきた。

「アルム、あたしにもキスして？」

レーヴルとディープキスしているのを見て、羨ましくなったんだろうか。

もちろん大歓迎で、彼女の唇を奪う。

「ん、んんっ！　れる、くちゅ……はぁ、アルムぅ……」

たっぷりのキスでクルースの顔も蕩けてくる。

ドラゴンさえも恐れず立ち向かう彼女が、こんな色っぽい顔を見せるのは俺だけだ。

そう思うと、ただでさえ燃え盛っている興奮の炎がさらに強くなった。

そして、断続的にキスを続けながらも、レーヴルをイかせてしまう。

「あぅぅっ！　イクッ！　ダメッ！　あああぁぁぁぁっ!!」

「レーヴルも全部飲み込めよっ！　今夜！　俺は全員を孕ませてやるんだからっ！」

我慢することなく欲望のままに射精して膣内を満たす。

レーヴルがぐったりすると、その余韻を味わう暇もなくクルースを押し倒した。

「きゃっ！　ア、アルム……」

本気になれば俺なんてすぐ突き放せる力を持っている彼女が、無防備に受け入れてくれている。

そのことを嬉しく思いながらも、遠慮なく犯し始めた。

「あぅ！　はぁっ！　や、あぅ……あぁぁっ！」

ズンズンと膣内を突きほぐしていく。その度にクルースの口から喘ぎ声が漏れ出た。

俺自身連続セックスで息を荒くしながら、高ぶり続ける興奮に任せて彼女を犯す。

「アルムっ！　アルムぅ！　好き、来てっ！　あたしのなか、もっと好きにしてよぉ！」

「ああ、全部犯してやるっ！　クルース！　全部俺のものだ！」

寂しそうな彼女の口を自分の口でふさぎ、残った力を振り絞ってピストンする。

締りのいいおまんこが俺のペニスをギュウギュウに刺激してきた。

遠慮なく残った子種汁を、一滴残らず搾り取ろうとしてくる。

「クルースも孕ませてやるからな！　三人そろってだ！」

「アルムの赤ちゃんならいいよ！　みんなで産むからっ！」

そう言うと彼女の足が腰に巻きついてくる。

覆いかぶさるような体勢で、クルースの巨乳が俺の胸板に当たって潰れる。

温かさが伝わってきて、彼女も体が熱くなっているのが良く分かった。

互いに息を荒くして、そのまま限界まで上り詰める。

「ぐっ……！　出すぞっ！」

「来てっ！　アルムをいっぱい、あたしの中に出してよっ！」

次の瞬間、爆発的な快感と共に、残った子種をすべて射精する。

「ひゃううううぅぅっ!?　イックウウゥゥウウウゥゥゥッ!!」

クルースも今日いちばん大きな嬌声を上げながら絶頂した。

おまんこがギュウギュウ締めつけ、一滴残らず搾り取ってくる。

やがて絶頂の波が治まると、彼女もベッドへ倒れてしまった。

「はぁ……はぁ……」

体を起こすと三人を見下ろす。全員激しい絶頂を味わってぐったりしていた。

目の前にいるみんなのお腹の中に、俺の子種が詰まっていると思うと胸が熱くなる。

「俺は幸せ者だな、こんなにいい子たちと出会えて」

ベッドに腰を下ろすと一息ついてつぶやく。


あのとき転生しなければ、こんな出会いはなかっただろう。

そう考えると自分の決断に感謝する。

「……これからはリーダーとしてだけじゃなく、夫としても頑張らなきゃな」

抱えるものは増えそうだけれど、むしろ楽しみに思っている。

そして、これからもずっとみんなで幸せに生きていこうと、改めて決意するのだった。

あとがき

初めまして、成田ハーレム王と申します。以前の作品から読んでいただいている読者の方、お久しぶりです。今作『転生前に貯金全額ぶち込んだら、最強の付与術師になりました』を手に取っていただいて、ありがとうございます。

相変わらずタイトルが内容そのものなので、ほとんど説明することが無いのですが、今回はヒロインたちとの触れ合いやエッチシーンを濃厚にしようとチャレンジしました。

もし気に入っていただけたらうれしいです。

今回の転生は、病気で死にかけた主人公が怪しげなサイトからメールを受け取ることが切っ掛けで始まります。

転生チートなのは普段通りなのですが、今回のチート能力は、主人公の全財産をぶち込んだ重課金仕様です！

事故などによる不意な転生でチートを貰うより、やっぱり自分の持っている何かが能力に変わるというのも、一味違った感覚が味わえるんじゃないかと思いやってみました。

もう一つは、ソシャゲなんかをやっていると「もしこのゲームに全財産課金したらどれだけ充実できるんだろう？」みたいなことを考えることがあり、お話を通してその気分を少しでも感じられたら良いなと思ったからです。

設定だけではなく、メインのヒロインたちも魅力的に見えるよう頑張りました。

お嬢様だけど、ちょっとお転婆で主人公想いな少女、マティ。

見た目は黒髪清楚系な女の子ですが、意外と活発で元気です。

バトルジャンキー気味な女剣士、クルース。

剣の腕と強敵との戦いが全て、みたいな感じの女の子です。

でも、戦闘を抜きにすると情の深い側面を見られるますので、そのギャップをお楽しみに！

そして、やり手盗賊のお姉さん、レーヴル。

盗賊職らしく打算的なところもありますが、信頼関係を築くと面倒見のいいお姉さんだとわかります。エッチさでも三人の中で断トツなので、濡れ場も読んでいただけると嬉しいです。


さて、そろそろ謝辞に移らせていただきます。

担当編集さん。今回もプロットから校了まで様々なことでご指導いただき、ありがとうございました。イラストレーターの或真じき様。表紙から挿絵まで、ヒロインたちのイラストをたくさん描き下ろしていただき、本当にありがとうございました！　後半には迫力満点のイラストもあって、興奮してしまいました。

そして読者の皆様。これからも楽しく読めてエッチな作品を作れるよう心掛けていきますので、応援よろしくお願いいたします！

二〇二〇年六月　成田ハーレム王

キングノベルス
転生前《てんせいまえ》に貯金全額《ちょきんぜんがく》ぶち込《こ》んだら、
最強《さいきょう》の付与術師《ふよじゅつし》になりました

2020年 7月 29日　初版第１刷 発行

■著　　者　　成田ハーレム王
■イラスト　　或真じき

発行人：久保田裕
発行元：株式会社パラダイム
〒166-0004
東京都杉並区阿佐谷南1-36-4
三幸ビル4A
TEL 03-5306-6921
印刷所：中央精版印刷株式会社

　KN080

転生貴族がSSSな宝島を楽園開拓！
~女だらけのこの場所で第二の人生はじめます!?~
これが理想の再出発!
休む暇なく愛されて、
転生生活ヤリ直し♥
貴族家に転生したものの、家訓である宝探しの旅に出されたルーカス。運悪く海で遭難するもチート能力「開発促進」の効果で生き残り、女性だけが暮らす楽園島へと流れ着く。介抱してくれたエリシエと暮らすことになるが、当然、村中の女性が彼に興味津々で…。
愛内なの
Nano Aiuchi
illust:218